GULLIVER

Collection dirigée par
Stéphanie Durand

LES MONSTRES EN DESSOUS

Catalogage avant publication de Bibliothèque et Archives nationales du Québec et Bibliothèque et Archives Canada

Boulerice, Simon
Les monstres en dessous
(Gulliver ; 200)
Pour les jeunes de 9 ans et plus.
ISBN 978-2-7644-2246-5 (Version imprimée)
ISBN 978-2-7644-2355-4 (PDF)
ISBN 978-2-7644-2356-1 (EPUB)
I. Titre. II. Collection: Gulliver jeunesse ; 200.
PS8603.O937M66 2013   jC843'.6   C2012-942297-5
PS9603.O937M66 2013

Conseil des Arts   Canada Council
du Canada   for the Arts

SODEC
Québec ✚✚

Nous reconnaissons l'aide financière du gouvernement du Canada par l'entremise du Fonds du livre du Canada pour nos activités d'édition.

Gouvernement du Québec – Programme de crédit d'impôt pour l'édition de livres – Gestion SODEC.

Les Éditions Québec Amérique bénéficient du programme de subvention globale du Conseil des Arts du Canada. Elles tiennent également à remercier la SODEC pour son appui financier.

Québec Amérique
329, rue de la Commune Ouest, 3ᵉ étage
Montréal (Québec) Canada H2Y 2E1
Téléphone: 514 499-3000, télécopieur: 514 499-3010

Dépôt légal: 1ᵉʳ trimestre 2013
Bibliothèque nationale du Québec
Bibliothèque nationale du Canada

Projet dirigé par Stéphanie Durand
Révision linguistique: Diane-Monique Daviau et Chantale Landry
Mise en pages: Andréa Joseph [pagexpress@videotron.ca]
Conception graphique: Célia Provencher-Galarneau
Illustration en couverture: Marion Arbona

SIMON BOULERICE

LES MONSTRES EN DESSOUS

Québec Amérique

À ma mère,
capable de garder n'importe quel secret

et à tous ceux qui cherchent à préserver leur dignité
peu importe leur âge

« Dans mon pays, à la mémoire des marins emportés par la mer, chaque été, à la bénédiction des bateaux, les veuves lancent une gerbe de fleurs dans la folie des vagues, puis chacune raconte une histoire. »

Louis-Dominique Lavigne, *Rosemonde*

« Puis, un matin en m'éveillant, je découvris que j'avais fait pipi au lit. Je ne pus rien faire pour cacher cette catastrophe. On me gronda sauvagement, mais la nuit suivante la même chose se reproduisit. Puis toutes les nuits qui suivirent, avec une régularité désespérante et presque parfaite. Je m'endormais, rêvais que j'avais fait pipi et m'éveillais pour constater que mon cauchemar était une triste réalité. »

Roman Polanski, *Roman par Polanski*

Chapitre 1

Cette nuit, j'ai recommencé. J'ai mouillé mon lit. Je sais, c'est terrible. Ça ne se fait pas à mon âge. À cinq ans, OK, ça se peut. À six ans aussi, ça passe, ce n'est pas la fin du monde. Mais à onze ans, oui. À onze ans, uriner au lit, c'est totalement la fin du monde.

Ça m'arrive de plus en plus, depuis quelque temps. Je commence à en avoir l'habitude. Mais honnêtement, je ne crois pas que ça se peut: s'habituer à l'humiliation. Chaque fois que ça se produit, la honte me fait une grosse boule dans la gorge.

C'est presque une routine, mon affaire: je me lève, tout ensommeillé.

Je me cogne généralement les orteils contre la base de mon lit, puis je retire les sacs IGA en plastique, ceux de l'épicerie du coin. Des sacs que j'avais éventrés hier soir et que j'avais installés sur mon drap-housse, avant de dormir. C'est ma tactique pour ne pas salir le matelas. Pour ne pas que ma mère soupçonne quoi que ce soit. Un garçon de onze ans, ça n'urine plus au lit. Je ne le sais que trop bien !

Avec les sacs IGA tout sales, je fabrique une grosse boule. Encore plus grosse que celle de honte que j'ai dans la gorge. Avec du ruban adhésif, j'en fais une structure relativement ronde, puis je la jette loin sous le lit. Comme si je jouais aux quilles et que je voulais faire l'abat le plus violent qui soit. Mais il n'y a pas d'abat, et il n'y a pas de quilles qui tombent. Il y a juste ma honte en boule, sous mon lit.

Après ça, je vais à la salle de bains et j'y lave mon caleçon. Je ne veux pas que ma mère s'aperçoive que j'utilise son savon à lessive, alors je mets du savon à vaisselle, parce que ça, je suis certain qu'elle ne s'en rendra pas compte. Le savon à mains qu'achète ma mère, c'est du savon à vaisselle. Je ne sais pas pourquoi. C'est peut-être économique ? En tout cas, ça sent les pommes vertes et j'aime ça. L'important, c'est que mes caleçons ne sentent pas le pipi, une fois jetés dans la corbeille à linge sale.

Je change finalement de sous-vêtement. Je mets un caleçon propre, qui sent le précieux savon à lessive de maman. Je reviens dans ma chambre piteusement, en prenant soin de marcher le plus délicatement possible. Pour ne pas que ça craque trop et que ça réveille ma mère qui dort juste en dessous.

Ma chambre est au grenier. C'est assez particulier, je sais, et ça me plaît. J'ai tellement insisté pour avoir ma chambre ici, en haut. C'est un grenier qui ressemble à tous les autres greniers, j'imagine. Il est plein de lumière poussiéreuse. Le matin, j'adore regarder la poussière tourbillonner dans les faisceaux de lumière entrant par les vastes fenêtres, rondes comme des hublots de navire. Chaque particule de poussière brille et danse. Toutes les particules dansent à l'unisson. Ça me fait penser aux fourmis, à la chorégraphie compliquée qu'elles font, l'été, sur le balcon. Il m'arrive d'ouvrir la bouche et d'avaler à l'aveugle la fine poussière qui danse, comme si c'était des flocons de neige qui tombaient du ciel. Je n'ai pas peur des maladies. Au contraire, ce genre de jeu me permet de renforcer mon système immunitaire. J'ai vu ça à la télé, il me semble... Je renforce mon système immunitaire en traversant les faisceaux de lumière dans ma chambre. Je deviens fort comme un roc.

Il n'y a rien de plus beau que de voir la poussière neiger dans la lumière généreuse de mon grenier.

Ç'a longtemps été mon rêve : avoir ma chambre ici. Avec tous les vieux souvenirs de la famille. Les malles sont pleines de photos, de vieilles tuques, de vieux chapeaux, de courtepointes... Parfois, quand je ne trouve pas le sommeil, je fouille dans une malle qui sent le passé, et j'en ressors quelque chose au hasard. Une lettre, un dessin, un vieux vêtement ayant appartenu à mes parents... N'importe quoi. Peu importe ce que je tire de la malle, je le sens. Je mets le papier ou le tissu sous mon nez, et je prends une grande inspiration. Ça s'appelle plonger dans la nostalgie. Je retourne alors au lit, persuadé que le sommeil viendra, et que les rêves seront bienveillants.

Quand il vente un peu, ou quand on marche sur le parquet, ça craque de partout. J'aime entendre les craquements du grenier. Ça ne me fait pas peur du tout. Non. Au contraire, ça me rassure. Ça me rappelle les bruits d'un bateau de pêcheurs. Ça me rappelle mon père.

Mon père était un pêcheur. Il partait en mer, lançait des filets à l'eau. Il attendait un peu, reprenait les filets lancés et en sortait d'énormes poissons. C'était un excellent pêcheur, ça j'en suis sûr et certain. Je serais prêt à mettre ma main au feu, c'est pour dire. Mais un jour, allez savoir pourquoi, mon père est parti tout seul en mer et il n'en est jamais revenu. On a eu beau faire des recherches, on n'a pas retrouvé sa chaloupe. Ce n'est pas des farces. Rien. Mon père et son petit bateau ont disparu dans la brume.

Mon lit occupe presque tout le grenier. Il rappelle la forme d'un bateau. Il craque lui aussi, comme le parquet. Chaque nuit, j'ai presque l'impression de partir en mer. Je dis presque, parce que je pourrais avoir encore plus l'impression de partir en mer si je dormais dans un lit d'eau. Ça existe, il paraît. C'est un matelas mou, rempli d'eau, ou d'un liquide qui y ressemble. Peut-être de l'huile? Je ne sais pas trop. En tout cas, j'en ai vu un l'autre jour, à la télé, dans un film. Si j'avais un lit d'eau, sous le poids de mon corps, mon matelas créerait de petites vagues toute la nuit. Je partirais en mer chaque nuit, pour vrai vrai vrai. Et je rêverais peut-être un peu plus que je retrouve mon père, perdu dans la brume...

Mais non, je dors sur un matelas ordinaire. Un matelas en tissu, qui absorbe les mauvaises odeurs. Une nuit, il y a quelques mois de ça, j'ai uriné au lit sans protection. Je veux dire qu'il n'y avait aucun sac IGA éventré pour protéger mon matelas. Et il est arrivé ce qu'on imagine aisément : j'ai mouillé mes draps. Pendant la nuit, j'ai été obligé de laver les draps moi-même avec notre savon à vaisselle et de faire sécher le matelas avec le sèche-cheveux à l'intensité la plus basse, parce que c'est la moins bruyante. Par chance, ma mère ne s'est rendu compte de rien. J'ai bien éliminé les traces de mon crime. Les pièces à conviction (mes draps et mon matelas) ont été frottées au savon à vaisselle. Je m'en suis tiré avec honneur. Mon honneur a été blanchi.

Maintenant, je ne me donne pas autant de mal. J'accumule les sacs IGA. Je les vole à l'épicerie, ou alors je vide la réserve de ma mère à son insu. Elle fait surtout ses achats avec des sacs en toile, mais elle conserve tout de même des sacs de plastique dans une armoire, pour les petites poubelles de la maison. Chaque soir, avant de dormir, j'éventre deux sacs IGA. Quand je n'urine pas de la nuit (parce que oui, ça ne m'arrive pas systématiquement chaque nuit), je récupère les sacs pour la nuit suivante. J'ai le cœur écologique, tout de même.

Là, cette nuit, j'en suis à ma touche finale. J'en suis à cacher les odeurs ambiantes. Je mets de l'assainisseur d'air en aérosol un peu partout. J'appuie fort sur le bouton à m'en casser l'index. Je m'acharne à changer l'air. Je renifle. Ça sent bon. Ç'a totalement masqué le dégât.

Sur la pointe des pieds, je replonge dans mon lit. Mon lit sec et chaud. J'espère retrouver le sommeil et ne pas trop penser à ma honte. Souvent, je parviens à l'oublier et à me rendormir. D'autres fois, je n'en suis pas capable.

Cette nuit, c'est une bonne nuit. La honte finit par passer, et je m'abandonne peu à peu dans les bras de Morphée (ça, c'est le dieu du sommeil ou une affaire comme ça...). Une sorte de Morphée, en

fait. Un Morphée qui se serait trans-
formé en marin. Je rêve que je suis en
mer. Oui, c'est ça : je suis en mer dans
un immense bateau, entre mon père qui
manie un filet, et ma mère qui nous
chante une chanson de pêcheur.

Je dors profondément, proprement.

Chapitre 2

Il est 10 heures 59. On sonne à la porte. Plusieurs fois. Ça doit être mon amie Chloé. C'est une fille très ponctuelle. «Ponctuelle comme il ne s'en fait heureusement plus!», dit souvent ma mère. Je ne vois pas au juste pourquoi elle dit *heureusement*.

On est dimanche matin. Chaque dimanche, à 11 heures, ma voisine Chloé vient jouer avec moi. Chloé, c'est une fille qui en a dedans! Elle a de l'énergie pour deux, pour trois, pour quatre... «Elle a de l'énergie pour une armée!», dit souvent ma mère. Je ne suis pas sûr que ce soit une qualité, étant donné le ton qu'elle emploie quand elle dit ça.

Je descends les escaliers comme si je faisais une course contre un fantôme. Je descends tellement vite que je gagne, forcément. J'ouvre la porte et je ris. C'est facile de rire, quand on regarde Chloé. Devant moi, ma voisine est éblouissante dans un sac à ordures noir. Sa tête et ses bras ont percé le sac. On dirait une robe noire de soirée qui aurait sérieusement besoin d'être ajustée. Chloé semble minuscule dans sa robe en sac-poubelle. Sur un de ses yeux, elle a un bandeau cache-œil. De quoi m'intriguer au plus haut point.

— Euh... Qu'est-ce que tu fais avec ça?

— C'est un œil de pirate. C'est parce que je suis une pirate. Tu viens, petit morveux?

Pendant que je me défends férocement d'être un petit morveux (c'est le surnom qu'elle me donne, et je fais semblant de ne pas aimer ça, même si ça ne me dérange pas tellement parce que je sais qu'elle ne le pense pas), Chloé court au grenier. Elle fait comme chez elle. « On jurerait qu'elle vit ici ! », dit souvent ma mère, quand elle la voit débarquer et brasser l'air comme une propriétaire.

Je rejoins ma voisine pirate aussi vite que je le peux. Mais Chloé est une rapide, du genre à dépasser n'importe quel fantôme ! Quand j'arrive à ma chambre, je surprends mon amie coiffée de ma petite poubelle et armée de mon épée en bois. Aux pieds de Chloé reposent des déchets : deux pelures de bananes, des écales d'arachides, des rognures de crayons, cinq papiers-mouchoirs tout chiffonnés, etc. Tout ce que devait contenir la corbeille que porte fièrement sur la tête la pirate devant moi.

— À l'abordage ! Je suis la pirate-poubelle et je suis terriblement cruelle. Je comprends que vous ayez peur de moi, mais approchez quand même votre nez.

Lorsqu'elle joue, Chloé modifie sa voix et se donne un accent toujours très convaincant. Je cherche à l'imiter, mais je me rends bien compte que je n'ai pas autant de talent qu'elle. On dirait que Chloé est née pour jouer des personnages. Mais pas des personnages que veulent les filles habituellement. Non. Pas de princesse, pas de fée. Tous les rôles surprenants et laids, c'est elle qui les joue le mieux.

— J'ai pas peur, que je lui dis.

Chloé laisse tomber son accent de tyran rapidement, le temps de me donner des directives très précises, à moi qui dois incarner sa victime. C'est important : je dois vraiment avoir peur. Le théâtre, pour Chloé, c'est du sérieux.

Je sais qu'elle n'a pas d'autres amis prêts à se plier à ses moindres caprices théâtraux. Moi, je lui dis presque toujours oui. Oui, même si on est de moins en moins des enfants. Donc, je crois que je suis précieux dans la vie de Chloé, qui refuse de cesser de jouer.

— Approchez votre nez, allez ! reprend Chloé.

— Vous sentez pas bon, mais vous me faites pas peur !

quatre ans! Du genre à crier pour rien. Du genre à rire pour rien. Du genre à... uriner au lit!

Ma voisine-crustacé se jette sur moi. On roule tous les deux dans le lit. Je ris et je me débats en même temps, coincé entre les jambes de Chloé. Son rire est redevenu sincère. J'aperçois quelque chose de scintillant dans sa bouche. Je dois préciser que j'adore tout ce qui scintille.

— Arrête, Chloé! Arrête!

Mais ma voisine est une acharnée. Elle resserre même ses jambes. Elle doit faire du judo en cachette parce qu'elle a le tour!

— Ton sourire brille! C'est super beau!

— C'est des plombages. Normalement, c'est blanc, mais j'ai demandé la version qui brille, avec du mercure dedans.

— C'est pas dangereux, ça, du mercure?

— Oui. Je pourrais mourir facilement! Mais je fais attention: je mange jamais de pomme. Si je croquais dans une pomme, je risquerais de croquer aussi dans la pastille de mercure de mon plombage. Et là, je serais cuite ; elle fondrait dans ma gorge. Et dès que la première goutte de mercure transpercerait mon cœur, je serais morte. Finie. Kaputt. Alors pas de pomme pour moi, merci !

— T'es plus prudente que je pensais !

Je ne suis pas fou, je sais bien que Chloé aime gonfler la réalité. Elle aime improviser. « C'est une vraie petite comédienne ! Elle dit toujours toutes les idées qui lui viennent à l'esprit ! », dit souvent ma mère. Mais moi, mon amie, j'aime la croire. Je ne la crois pas à 100 %, mais je la crois en gros. J'aime ça, la croire. Je sais que ça lui fait plaisir. Et ça me fait plaisir à moi aussi. On peut dire de moi que je suis naïf. Ça ne me dérange pas.

— Tu veux une gomme, Chloé ?

— Merci. Je cours moins de risques qu'avec une pomme.

— Il va falloir que tu me lâches, si tu veux ta gomme. T'es ben colleuse, aujourd'hui !

La pirate soupire et relâche son étreinte. Elle me libère à regret de sa prise de crabe et s'assoit tout contre moi sur le matelas. Son genou touche le mien, mais je ne dis rien. J'offre simplement une Dentyne à mon amie. Nous mâchons chacun notre gomme, tranquillement. C'est un moment de trêve. C'est Chloé qui m'a appris ce mot-là. Ça veut dire que la guerre sera pour plus tard.

Chapitre 3

On est le matin. Lundi matin. Je me sens puissant. Puissant comme un pirate, ou une affaire comme ça. Puissant comme quelqu'un de très puissant. Je n'ai pas uriné au lit la nuit passée. Bon, je sais, ce n'est pas la victoire du siècle ! Mais tout de même, dans ma situation, c'est une précieuse petite victoire. Petite, oui. Mais surtout précieuse.

Je termine un livre d'aventures de Jules Verne, étendu sur mon matelas propre. Alors que j'en suis aux dernières pages, je sens quelque chose grouiller sous mon lit. Peut-être est-ce ce livre qui m'inspire ? Je ne sais pas, mais toujours est-il que je m'imagine que mes sacs de plastique sales, sous le lit, prennent vie. Chaque sac souillé d'urine devient un tentacule. Comme un tentacule de pieuvre, si on veut. Les tentacules d'une bête horrible. D'un monstre marin, en fait. Oui. En chuchotant, je combats des monstres marins cachés sous mon lit. J'essaie de modifier ma voix, comme le fait Chloé. Je tente de descendre ma voix dans mes pieds, mes orteils et mes talons, comme elle. Mais je réussis plus ou moins. En fait, je ne réussis pas du tout. Ça ressemble davantage à des chuchotements fâchés.

«Approchez pas! Conseil de fils de pirate. Mon père m'a tout appris! Si vous approchez, je vous garantis pas que vous allez sortir d'ici vivant! Est-ce que vous comprenez ce que je dis?»

Je m'imagine les terrifiants tentacules s'avancer davantage, s'extraire un peu plus de sous le lit.

«Approchez pas, que j'ai dit! Si vous me croquez un mollet, vous allez le regretter! Je sais comment me défendre:

j'ai obtenu mon trophée de karaté. Je peux vous sectionner en deux avec ma main, comme une pile de briques! Je peux vous déchirer le corps avec mon crochet de pirate! Je voudrais pas être à votre place! Je peux tellement être terrible!»

Je brandis la bombe aérosol, comme s'il s'agissait d'un crochet de pirate. Mais malgré la menace, les tentacules n'en font qu'à leur tête. Les voilà tout près de mes pieds nus.

«Approchez pas! C'est la dernière fois que je vous préviens! Vous puez! Vous puez ben trop! Je pense que vous êtes mûrs pour goûter à ma bombe de chasse-odeurs!»

Comme chaque matin, je procède à la purification de ma chambre. Je mêle l'utile à l'agréable en aspergeant d'assainisseur d'air les sacs sales sous le lit. Pour masquer les odeurs. Pour éviter que ma mère me suspecte de quoi que ce soit. Parce que toute cette histoire d'uriner au lit est mon plus grand secret. Un secret qu'on ne partage avec personne. Un secret pour moi seul.

Mais ce matin, pas de chance : je constate que la bombe aérosol se vide en deux petits jets. Elle émet encore un long râle, mais plus rien ne sort. La bombe est morte, vidée de son jus, de son air. Je cours à la salle de bains. Je fouille dans la pharmacie et sous l'évier. Je trouve une grande quantité de contenants de savon à vaisselle (ma mère l'achète en gros !), des tubes de dentifrice, des onguents et de l'aspirine, mais pas de trace de bombe aérosol pour purifier l'air. Non ! Il ne faut pas que ce soit la dernière bombe aérosol de la maison ! J'ai encore de mauvaises odeurs à masquer sous le lit !

Une panique s'installe en moi. Je retourne à la bombe vide. Il doit bien en rester encore un tout petit peu ? J'appuie de toutes mes forces sur le bouton du vaporisateur. Comme si ma vie en dépendait. Et celle de ma mère. Et celle de Chloé. Toutes les vies qui m'importent, même. Mais j'ai beau m'aplatir l'index, plus rien ne jaillit. Même plus de son plaintif.

Bientôt me parvient l'écho de la voix chantée de ma mère. Sa voix grimpe délicatement les marches et me rejoint au grenier. C'est une voix tellement douce, une voix qui n'est absolument pas située dans ses pieds, ses orteils ou ses talons. Ni dans son ventre, ni même dans sa tête. Non. La voix de ma mère est entièrement dans son cœur. Chaque fois qu'elle chante, ma mère le fait avec son cœur encore plus que sa voix. Ça s'entend.

« *Partons, la mer est belle,*
Embarquons-nous, pêcheurs... »

Les chants de ma mère m'apaisent. C'est systématique. Un moment, j'oublie que je suis là, parmi mes monstres sortis de sous le lit, malodorants. J'oublie même qu'il m'arrive encore de mouiller mon lit, et que ça ne se fait pas, à onze ans.

«... Guidons notre nacelle,
Ramons avec ardeur... »

La voix emplit ma chambre. Ma mère va suivre, c'est sûr! Vite, je m'active. Je pousse les tentacules avec mes pieds, tente de noyer mes monstres sous le lit, sans que rien ne dépasse de sous mes draps.

«... Aux mâts hissons les voiles,
Le ciel est pur et beau... »

La voix est là et me berce.

«... Je vois briller l'étoile
Qui guide les matelots! »

Ma mère, Carmen, est là à son tour, dans l'embrasure de la porte. Rassurante et drôle, dans son chandail enfilé à l'envers. Je me moque tendrement d'elle.

— Maman, je vois ton étiquette.

— Oups!

Ma mère rit timidement et pose la main sur l'étiquette sous son menton, comme si elle cachait une faute qu'elle avait commise, dont elle avait honte, comme moi avec mon secret. Ou comme si elle se protégeait le cou.

— Je l'ai mis à l'envers dans les deux sens ! J'ai pas de bon sens !

— Continue la chanson.

— C'était la fin.

— Même pas vrai.

Ma mère pointe les détritus au sol.

— Depuis quand tu jettes les déchets à côté de la corbeille, toi ?

— C'est Chloé qui a vidé la poubelle pour se la mettre sur la tête, hier.

— Ça devait être chic.

— Ça l'était.

Ma mère se penche et met les ordures dans la petite poubelle.

— Ta corbeille de vêtements sales ? Elle est où ?

— Chloé l'a renversée, hier.

— Ouin, je te dis, cette Chloé, elle en a dedans ! Une vraie petite comédienne en herbe.

— Les vêtements sont par terre. Continue la chanson.

— La pile ici ?

— Oui. Continue la chanson, maman.

Ma mère remet les vêtements dans la corbeille. C'est drôle, mais elle cache toujours l'étiquette, prouvant qu'elle s'est habillée un peu trop rapidement ce matin. On dirait vraiment qu'elle veut se protéger le cou. Comme si quelqu'un allait surgir dans ma chambre et l'étrangler. Elle ne semble pas réaliser que, depuis que papa n'est plus là, je suis là pour la protéger. J'ai envie de lui dire que son cou est en sécurité. Qu'elle ne court aucun danger. Que si je peux me défendre moi-même des monstres qui émergent de sous mon lit, je peux aussi empêcher les bandits de lui faire du mal. Mais je ne lui dis rien de ça. Je garde ça pour moi. Je lui demande seulement de chanter encore. Parce que sa voix du cœur me fait beaucoup de bien.

— Encore, maman. S'il te plaît.

— Une autre fois. C'est gênant.

Ma mère rougit. Elle ne peut pas chanter sur commande. Je m'en rends bien compte. Il faut que ça soit naturel et, idéalement, qu'elle se croie seule à la maison. Je le sais parce que chaque fois qu'elle oublie que je suis là et peux l'entendre, elle chante. Et ce sont les moments où elle chante le mieux, parce qu'elle ne se préoccupe de personne d'autre, à part elle-même.

— Tu chantais tout le temps avant.

— Oui.

Ça sonne comme un reproche. Ce n'est pas mon but. Je constate, c'est tout. Je pense que ça lui fait mal, un peu. Elle semble accuser le coup et sa main cesse de cacher l'étiquette. Elle s'assoit sur mon lit. On dirait qu'elle va me faire un aveu.

— Est-ce que tu m'en voudrais si j'avais un nouvel ami ?

Euh. Je ne suis pas bien sûr de comprendre, là... Alors je répète ses paroles.

— Un nouvel ami ?

— Disons... Un nouvel homme dans ma vie.

Oh. Là, je comprends. Et je n'aime pas ça. Pas du tout. Mais je peux bien masquer ça, comme le reste. Je suis un peu fâché, mais je m'arrange pour ne pas que ça paraisse. Je suis capable de maîtriser n'importe quelle de mes émotions. Je suis un vrai *Poker face*!

— Tu fais ce que tu veux, maman.

— Pour vrai?

Ma mère semble soulagée. C'est évident qu'elle craignait que je n'accepte pas bien cette confidence. Mais j'ai l'air de la prendre avec légèreté. Elle cherche quelque chose à dire pour expliquer son malaise.

— C'est bête, mais j'ai toujours pensé que le deuil doit durer cinq ans.

— Cinq ans? C'est un règlement municipal, ça?

Ma mère rit de bon cœur.

— Non. Pas municipal. Pas provincial ou fédéral non plus. Non, c'est pas formel. C'est juste une sorte de respect, j'imagine...

— Ben, ça va faire trois ans que papa est disparu.

— C'est vrai. Bientôt trois ans...

Ma mère est transparente. Je ressens clairement sa culpabilité. Sa culpabilité de refaire sa vie avec un autre homme, maintenant que mon père ne reviendra sans doute jamais à la maison. J'essaie de la rassurer.

— Les parents de Chloé vont voir ailleurs et leur conjoint est même pas disparu !

Ma mère fait de gros yeux ronds. Ma révélation la surprend, c'est clair !

— C'est Chloé qui t'a dit ça ?

— Tout le monde le sait. Ils s'en cachent pas. Ils se trompent gros comme le bras !

— Ah ben, j'ai mon voyage !

Je m'assois à mon tour sur mon lit. Je rejoins ma mère.

— C'est qui, le nouveau monsieur dans ta vie ?

— Tu connais le poissonnier de l'épicerie IGA ?

Tout de suite, l'image de Monsieur IGA, le pirate de l'épicerie, apparaît nettement dans mon esprit. Cette fois, je ne parviens pas à camoufler une grimace de dégoût.

— Monsieur IGA ? Celui avec un œil de verre ?

— Oui. T'es déçu ?

C'est l'évidence même. Je la partage.

— Il est ben trop vieux pour toi !

— Il est pas trop vieux, Nathan. Il est juste un peu plus âgé...

— Il va mourir vite vite, et tu vas encore te retrouver toute seule.

Elle baisse les yeux. Elle revoit son étiquette, torsadée sous son menton. Elle s'apprête à la cacher de sa main mais choisit plutôt de la défriser avec ses doigts. Pendant un moment de silence, elle joue avec son étiquette, comme on

défrise un ruban de cadeau tirebou-
chonné. Rien à faire. L'étiquette reprend
toujours sa forme frisée. Cette étiquette
ne sera plus jamais plate. C'en est fait
pour elle. Ma mère prend une grande
inspiration.

— Est-ce que ça veut dire que tu préfères que je te le présente pas ? Je voulais
l'inviter à souper ici, demain soir...

Je ne réponds pas. Je passe plutôt ma
main sous mon t-shirt. Je cherche mon
étiquette. Ma mère insiste, revient à la
charge, toujours avec douceur.

— Hein, Nathan ? Tu préfères que je
l'invite pas ?

Je ne réponds toujours pas, mais je
trouve finalement mon étiquette, entre
mes omoplates. Mon t-shirt n'est pas à
l'envers. Non. Il est bel et bien à l'endroit,
le mien.

— OK. Je comprends. Je vais aller
faire la lessive.

Ma mère se lève, marche vers la porte. Je m'en veux beaucoup de ne pas parler. De la laisser seule comme ça.

— Maman?

— Oui?

— Tu pourrais acheter du pouche-pouche? Il en reste plus.

— Déjà? Mais je viens de t'en acheter! T'en bois ou quoi?

Ma mère est un peu triste. Elle se force à placer un rire dans sa voix et se dirige vers l'escalier. Je la connais comme si je l'avais tricotée. Je la rattrape une fois de plus. Je cherche des mots doux, comme les siens. Je veux être gentil. Je veux qu'elle m'aime. Je veux être son préféré. Plus que tous les épiciers du monde.

— Maman?

— Qu'est-ce qu'il y a encore?

— L'important, c'est juste que t'oublies pas papa.

Ma mère s'arrête dans l'embrasure de la porte, touchée en plein cœur. Le cœur, et pas le cou, finalement.

— Nathan, ton père s'oublie pas.

— OK d'abord. Tu peux me présenter Monsieur IGA. Mais je t'avertis : pas question de manger du poisson ! C'est trop dégueu !

Elle sourit, et dans ce sourire-là, il y a toute la tendresse du monde. Elle vient ébouriffer mes cheveux et quitte la chambre. Dans l'escalier, je l'entends fredonner. Elle reprend la chanson du début.

« *Partons, la mer est belle,*
Embarquons-nous, pêcheurs... »

En me plantant dans l'embrasure de ma porte de chambre, pour mieux l'entendre chanter, je surprends ma mère qui réajuste son chandail en le faisant tourner autour de son torse. On peut voir une partie de l'étiquette sous ses cheveux. Je me dis qu'il ne lui reste qu'un sens à réajuster pour que ma mère soit comme les autres mères. Mais ce n'est pas précisément ça que je veux, au fond. J'aime voir l'étiquette de ma mère.

Chapitre 4

Deux minutes plus tard, toujours ce lundi matin, donc, Chloé sonne à la porte. Elle appuie trop de fois, fidèle à elle-même. Ma mère a beau lui dire qu'une fois suffit, Chloé aime se déchaîner sur une sonnette.

Comme chaque jour scolaire, elle vient me chercher pour qu'on se rende à l'école ensemble. Sa ponctualité se poursuit. «Ton horloge suisse est arrivée!», me crie ma mère. Je ne connais pas grand-chose aux horloges suisses, mais j'imagine qu'elles sont fiables! Parce que Chloé est réglée au quart de tour. Il est 7 h 50, et la voix haut perchée de ma voisine retentit partout dans la maison dès que ma mère lui ouvre la porte.

« Bonjour, Madame Carmen ! Je vais chercher Nathan ! »

Je reconnais le timbre unique de sa voix (pas spécialement mélodieux, disons) et le bruit de ses gros sabots qui grimpent les marches deux par deux. Elle est subtile comme un tracteur, cette fille. Son arrivée fait trembler toute la maison. Si on mettait Chloé sur un bateau, pas de doute qu'elle le ferait chavirer en moins de deux secondes !

Par mesure de sécurité, je jette un coup d'œil à mon étagère de trésors. La course de Chloé jusqu'ici pourrait faire tomber un de mes trésors. Ce serait terrible, car c'est ce que j'ai de plus précieux, dans ma chambre. Il y a plusieurs trophées, plusieurs coquillages et d'autres objets brillants. Une étagère étincelante, oui.

Je dois avouer quelque chose, par contre : je ne suis pas un champion en sport. Vraiment pas, en fait. Je ne fais pas de sport en dehors des cours d'éducation physique à l'école. Mes trophées de sportif sont de grands mensonges. J'en ai un de joueur de baseball, de soccer, de hockey, de karaté et de natation, mais je ne fais rien de tout ça. Et le pire, c'est que sur chacun des trophées se trouve une petite plaque avec la mention «Excellence». Et juste en dessous, en lettres majuscules: «NATHAN GERMAIN-BEAULIEU» C'est mon nom, ça. C'est, je sais, ce qu'on appelle une imposture. Mes précieux trophées non mérités, c'est ma mère qui me les achète. Elle fait graver mon nom sur une plaque chez un monsieur qui fait ça dans la vie, graver des lettres sur des plaques (c'est un métier qui existe pour vrai, il paraît!). Ma mère me dit souvent: «Je ne veux que ton bonheur, mon cœur.» Je me dis donc qu'en m'achetant mes trophées brillants, ma mère achète mon bonheur. Elle doit se dire que j'ai la reconnaissance de mes amis tout en étant certaine que je ne me casserai pas un bras au hockey ou une jambe au soccer. J'ai une mère prévoyante, au fond!

Honnêtement, je ne pense pas avoir l'étoffe d'un sportif. Je me ferais assurément blesser rapidement sur un terrain de sport. Ma mère est certainement heureuse que je préserve mon corps à la maison, auprès d'elle. Comme si j'étais un objet fragile. Ma mère doit sans doute pressentir que je suis un gars fragile. Ou que je suis différent. Car, oui, je suis différent. Je suis sûr que les autres garçons de ma classe ne craignent pas d'uriner au lit quand c'est l'heure du dodo!

— Prêt pour l'école, petit morveux?

C'est Chloé qui vient d'arriver finalement dans ma chambre, avec son aura de feux d'artifice. Par chance, elle n'a rien fait tomber. Comme hier, elle porte son œil de pirate, mais sur l'autre œil maintenant.

— Pourquoi t'as gardé ton œil de pirate?

— Parce que j'ai une conjonctivite.

Bon. Il y a longtemps que je ne crains plus de demander des éclaircissements quand je ne comprends pas le charabia de mon amie. Elle arrive toujours avec des mots nouveaux. De quoi nourrir la comédienne en elle.

— C'est quoi, ça, une *conjonctivite*?

— C'est une mystérieuse bactérie qui va tuer mon œil. Je vais devenir borgne, que mon père me dit.

J'écarquille les yeux une fois de plus. Même pas besoin de demander ce que ça signifie, Chloé lit en moi.

— Pour ton information, *borgne*, c'est avoir juste un œil. Je suis contente. Avoir juste un œil, c'est plus drôle que deux, c'est plus rare. Je suis une fille rare. Je suis une fille monstrueuse.

Chloé rit en s'efforçant de rendre son rire monstrueux. C'est plutôt réussi. Chloé n'est définitivement pas comme les autres filles de la classe, qui se prennent pour des altesses. Dans un film de princesses, malgré son poids plume, elle jouerait une ogresse. Princesse Fiona, c'est elle. Mais avec la rudesse de Shrek!

— Heille, petit morveux! Bonne nouvelle: tu dors chez moi ce soir!

Je tremble d'un coup. Qu'est-ce que c'est que ce projet? On me met devant un fait accompli que je ne désire absolument pas!

— Quoi?

— Mes parents sont d'accord. Va demander à ta mère, vite!

Je savais bien que la question allait se poser un jour ou l'autre. Dormir chez mon amie est un risque de taille. Et si j'urinais dans le lit de Chloé? Ou dans son lit d'invité? Je ne pourrais pas éventrer des sacs de plastique pour éviter de souiller son matelas, elle s'en rendrait compte.

— Ouache! Je veux pas dormir avec toi, que je lui lance avec une face de dégoût.

— Mais... mais... on est pas obligés de dormir dans le même lit, nono!

Franchement... Je te prêterai mon lit et je dormirai dans mon *sleeping bag*!

— Mais pourquoi je dormirais chez toi? que je demande.

— Ben... ce serait drôle!

— Qu'est-ce qu'y a de drôle là-dedans?

— Ma chambre est au sous-sol. Ça va faire changement de ton grenier!

Je cherche désespérément des excuses. J'en trouve une en béton!

— Si ta maison s'effondre, on va mourir *écrapoutis*.

— Nono! La maison va pas s'effondrer!

— De toute façon, ma mère voudra pas, que je lui lance.

— Demande-lui.

— Ça donne rien. Elle voudra pas. Je la connais.

— Peut-être que si c'est moi qui lui demande, elle saura pas dire non?

— T'es sourde? J'ai dit qu'elle voudra pas. Je la connais mieux que toi. C'est ma mère, pas la tienne!

J'ai haussé le ton. C'est la peur qui est derrière ça. L'enthousiasme de Chloé bat légèrement de l'aile, pendant cinq secondes.

— C'est dommage.

— Bof. J'aime mieux dormir chez moi. Dans mon lit.

— Pourquoi? T'as peur de dormir ailleurs, petit morveux?

— Hein? Ben non. Pantoute.

— T'as déjà dormi ailleurs?

Je mens sans réfléchir. C'est pour me protéger, alors il me semble que c'est permis.

— Plein de fois!

— OK. Chez qui? demande Chloé qui tente de me coincer.

J'opte pour une réponse floue. Ça vaut mieux.

— Des amis.

— C'est moi, tes amis! Allez! Prends ton sac d'école et viens-t'en, petit morveux!

— Je suis pas un petit morveux!

— OK, si tu veux, petit morveux.

Je prends mon sac et j'y glisse ce qu'il me faut : mon cahier de français, mon étui à crayons, mon agenda... Chloé renifle, intriguée par l'odeur nouvelle.

— Ça sent drôle dans ta chambre.

De nouveau, mon pouls s'accélère un peu. En aucun cas Chloé ne doit découvrir mon problème.

— Ben non! Ça sent le pouche-pouche, comme d'habitude...

Chloé se laisse guider par son nez. Elle marche tranquillement vers mon lit. À chaque pas, ses gros sabots font craquer le grenier en entier.

— Non. Ça sent autre chose...

— Viens-t'en...

Elle s'approche dangereusement du lit.

— Ça sent... ça sent...

— Viens-t'en, Chloé...

Elle s'accroupit. Elle est sur le point d'aller voir sous le lit.

— Ça sent le pipi de chat!

Je l'empoigne par le collet et la relève presque brutalement. Comme Chloé fait avec son chat, justement, quand elle le tire par la peau du cou.

— Ça sent pas le pipi de chat!

J'ai été rapide; je suis sûr qu'elle n'a rien vu, rien senti *pour vrai*.

— Ben oui! Essaie pas: j'ai le nez super fin! Pis j'ai un chat à la maison, moi!

— Ça sent le pouche-pouche. Juste le pouche-pouche. Viens!

Chloé tente de se pencher une fois de plus, mais je l'en empêche. Elle pointe le lit.

— Ça vient d'ici... Ça sent bon. J'aime ça.

Je pousse mon amie pour qu'elle quitte ma chambre.

— Viens-t'en, Chloé !

— Je savais pas que t'avais un chat.

Je me montre plus ferme. Dans mes mouvements et dans le ton de ma voix. Comme quand ma mère est exaspérée d'une chose que j'ai faite et que je n'aurais pas dû faire.

— J'ai pas de chat ! Viens-t'en, j'ai dit ! On va être en retard à l'école !

Chloé se tait. Pour elle, la ponctualité, c'est important. Je la prends par les sentiments. Je sais me montrer ratoureux, quand même. Elle obéit, forcément. Mais dans l'escalier, elle insiste une dernière fois, pour avoir le dernier mot, comme toujours.

— Mais je suis sûre que t'as un chat qui a fait pipi sous ton lit !

Poussée par moi, Chloé sort la première. Je l'ai échappé belle. C'est ce que je me répète en boucle dans ma tête. Que je l'ai échappé belle.

Chapitre 5

Je reviens toujours de l'école avec Chloé.
Autant elle vient me chercher direc-
tement à ma chambre, autant elle me
ramène chaque fois jusque dans mon
grenier. Je la soupçonne d'aimer beaucoup ma chambre, elle qui est obligée de
dormir dans un sombre et dangereux
sous-sol! Je la comprends. Je me rends
bien compte que je suis un privilégié. Je
suis le seul de ma classe à dormir dans
un immense grenier. Je le sais, parce
qu'en arts plastiques, notre professeur
nous a demandé de dessiner notre chambre, et j'étais de loin le plus original! Ça
me plaît pas mal, être différent dans ce
domaine...

En ouvrant la porte de la maison, je suis surpris de ne pas voir ma mère dans la cuisine, comme c'est toujours le cas. Qui plus est, je trouve un sac en cuir posé sur la chaise, près de l'entrée. Un chic sac de monsieur, un genre de porte-document, ou une affaire comme ça. Je sais que ça ne lui appartient pas, pas plus que ç'a appartenu à mon père. Ce n'est pas à nous, ça. Il y a autre chose. Sur la patère, il y a comme un grand drap blanc. C'est très curieux. Qu'est-ce que ça fait là? Je relève un pan et réalise qu'il s'agit d'un grand sarrau. Un sarrau blanc de poissonnier. Avec un écusson blanc arborant les lettres IGA en rouge. Ça ne trompe pas, ça.

Écoutant distraitement Chloé qui me raconte comment elle a réussi à faire pleurer Brian De Santis-Caron à l'école après qu'il lui eut volé son coffre à crayons pour lui faire une blague, je crie «Ma-maaaaan?». Un silence. C'est curieux. Je crie encore, cette fois beaucoup plus fort. «Maaaaamaaaaan?» Et là, j'entends un gros craquement, suivi rapidement de plusieurs autres petits craquements. Je sais très bien d'où provient ce bruit: de ma chambre au grenier. Il n'y a que là que le parquet craque de cette manière. Je suis terriblement fâché. Ma mère n'est pas autorisée à entrer dans ma chambre quand je n'y suis pas. Pas plus que moi dans la sienne. Ç'a a toujours été notre entente.

Je monte les marches deux par deux, suivi de près par Chloé, excitée parce qu'elle sent qu'il va y avoir de l'action.

— Maman? T'es où?

Elle répond ce que je prévoyais et redoutais à la fois: «Dans ta chambre, mon trésor.» J'accélère le pas. Je monte trois marches d'un seul coup. Je n'ai jamais fait ça. Le cœur va me sortir par la bouche. Ce n'est pas tant à cause de l'effort physique. C'est surtout que je crains que ma mère ait découvert ce que je cache sous le lit! Si elle découvre mes monstres faits maison, elle voudra avoir des explications, et elle risque d'apprendre que j'ai recommencé à faire pipi au lit. Il ne faut pas que ça arrive. Je ne dois pas perdre une seule seconde. J'arrive heureusement avant le désastre, je crois bien. Ma mère est debout, droite comme un piquet, figée au beau milieu de ma chambre. Et il y a Monsieur IGA, le poissonnier de l'épicerie du coin, juste derrière elle, dans un faisceau de lumière. La poussière tourbillonne jusque dans ses cheveux gris. On ne voit que sa vieillesse et son sourire d'épicier. Je me fabrique immédiatement une voix autoritaire.

— Qu'est-ce que vous faites dans ma chambre ?

— Je faisais visiter la maison à mon ami.

— J'entre pas dans ta chambre quand t'es pas là. Même chose pour toi. Me semble que c'était notre contrat.

— Calme-toi, Nathan. C'est pas poli de crier. Et je voulais te présenter mon ami. Sois gentil.

— Je le connais déjà. C'est Monsieur IGA.

Monsieur IGA se racle la gorge. Le moment est officiel. Il désire faire bonne impression. Pourtant, pris dans ma chambre, comme un cambrioleur la main dans le sac, il sent que ça augure mal. Il fait un pas en me tendant la main, et sort du faisceau de lumière.

— Bonjour, Nathan!

Je le regarde en plissant les yeux un peu, comme si je savais qu'il savait quelque chose de privé. Je fais ça pour l'intimider, mais ça ne semble pas lui faire grand effet. Il se tient devant moi, la main tendue. Petit silence. Avec son menton, ma mère pointe la main de son nouvel ami, l'air de dire « mais qu'est-ce que t'attends pour lui serrer la main?! ». Alors je joue au bon petit garçon, et je lui serre la main. Avec peu d'entrain, par contre. De l'enthousiasme très modéré.

— Salut. Vous avez perdu votre œil de vitre qui brillait?

— Eh oui! Tombé dans une huître que je parviens plus à ouvrir.

Monsieur IGA rit un bref instant et réalise qu'il est le seul. Il se sent stupide, alors il se tait. Ma mère aurait sans doute aimé rire avec lui, mais elle me regardait trop fixement, l'air de me dire «mais veux-tu bien être gentil, s'il te plaît!». Second silence, plus lourd que le premier.

Chloé, l'oubliée, veut signaler sa présence. Elle était bloquée derrière moi, dans les marches de l'escalier. Elle pousse un genre de respiration comme elle seule en est capable.

— Et ton amie? C'est qui?

Chloé prend les devants et se présente elle-même. Enfin, on lui offre le terrain. Alors elle prend sa place. Elle n'a jamais de problème avec ça. Quitte à ce qu'elle soit obligée de me pousser un petit peu.

— C'est Chloé. Enchantée, Monsieur IGA.

Et elle lui serre fermement la main. Définitivement plus fermement que moi. Il faut la comprendre: ce n'est pas elle qui va se retrouver avec un vieux poissonnier comme beau-père! En lui brassant la main, elle imite la vigueur qu'aurait un camionneur ou un mécanicien. Ou n'importe quel homme avec un emploi viril.

— Moi de même, jeune fille.

Je connais bien Chloé. Je vois bien qu'elle est fascinée par l'œil de pirate du poissonnier. Elle doit même se reconnaître en lui. Ne portent-ils pas tous les deux un cache-œil?! Quelle coïncidence, tout de même! Mon amie sourit à Monsieur IGA comme si elle rencontrait un confrère de travail. Deux pirates qui se rencontrent fraternisent toujours. C'est bien connu.

— Comment vous avez perdu votre œil, monsieur? Le vrai, je veux dire. Pas celui en verre.

Bon, ça y est. Chloé commence avec ses questions. Je sais ce qui va arriver. Chloé va mettre le nouvel ami de ma mère à l'aise, et il va parler, parler, parler. Il va nous raconter sa vie (dont je me fous totalement), et je vais être obligé de faire semblant que je trouve toutes ses péripéties formidables et divertissantes. Mais moi, je ne veux pas que Monsieur IGA se sente à l'aise. Je ne veux pas aimer ses histoires et sa vie. Je veux qu'il se sente de trop. Je veux qu'il retourne dans son épicerie vendre son poisson qui pue, et qu'il nous laisse en paix, ma mère et moi.

— Vous voulez vraiment savoir ? Même si c'est pas joli joli ?

Et le voilà qui me regarde. Qui attend clairement mon OK. Je ne veux absolument pas savoir comment il a perdu son œil. Je ne veux rien savoir.

— Oui !!! Hein, Nathan ?

Je me vois donc dans l'obligation d'imiter mon amie et de quémander ce secret qui m'indiffère. Bon, peut-être pas indiffère. Disons plutôt que ça risque d'être sanglant. Je ne suis pas stupide. Je sais bien que lorsqu'on se blesse, il y a souvent du sang. Perdre un œil aussi, j'imagine. Et quand on parle de perdre du sang, je dois avouer que j'ai toujours les jambes toutes molles comme de la guenille. Si mes jambes ramollissent, je vais être obligé de m'asseoir sur mon lit. Et peut-être que Monsieur IGA et Chloé, par politesse, vont venir m'y rejoindre. Je ne veux pas que personne d'autre que moi s'approche de mon lit! Ce n'est pourtant pas sorcier. Personne d'autre que moi. Moi, je ne m'assois pas sur le lit des autres. Alors pareil pour tout le monde!

— Nathan? Chloé t'a posé une question.

C'est ma mère. Elle insiste. Chloé et Monsieur IGA attendent mon OK pour raconter une histoire pleine de sang. Je vois bien que mon silence déçoit ma mère. Je ne veux pas la décevoir plus longtemps, alors je fais oui de la tête, comme si ça allait de soi. Ma tête fait oui, mais mes yeux disent non. Mais ça, personne ne le voit.

Ma mère me sourit. Elle semble soulagée. Comme si notre complicité, à Monsieur IGA et moi, était gagnée d'avance. Pourtant, non. Elle n'est pas gagnée. Rien n'est gagné. Il ne parviendra pas à m'impressionner avec son sang et ses prouesses.

— Bon, je vais préparer le souper si je veux pas qu'on mange trop tard! dit ma mère après avoir jeté un coup d'œil à sa montre attachée à son poignet droit (je précise ça parce que je vois bien que les autres mamans, et tous les autres adultes en général, d'ailleurs, l'attachent à leur poignet gauche).

Ma mère s'éclipse. Derrière elle, il ne reste que des craquements de marches. Déjà, ça ajoute une atmosphère inquiétante pour l'histoire que Monsieur IGA s'apprête à nous raconter. L'épicier baisse un peu la voix, pour en rajouter. C'est évident : il a envie que mes jambes ramollissent! D'ailleurs, je ne me sens déjà pas très solide...

— Alors, alors, alors... J'étais à la plage avec mes parents, mes frères. J'étais plus jeune que vous deux. J'avais tout juste sept ans. Je m'étais endormi sur ma serviette Florida. J'ai senti un frôlement, puis quelque chose me pincer le sourcil. J'ai ouvert les yeux, et c'est là que j'ai vu les pinces d'un crabe m'arracher l'œil!

Je ne peux m'empêcher de partager ma surprise!

— Quoi? Un crabe?!

Peu surprise, Chloé banalise l'information.

— Oui, ça arrive souvent. C'est ratoureux, un crabe. Hein, monsieur?

— Très ratoureux!

Comme si c'était plus fort que moi, je commence à lui poser des questions.

— Qu'est-ce que vous avez fait? Au crabe, je veux dire.

— J'ai essayé de reprendre mon œil. Je me suis battu contre le crabe. Avec mes dents, j'ai réussi à lui arracher une pince. J'ai toujours eu les dents très aiguisées, faut dire! Mais quand j'ai ouvert sa pince, j'ai constaté qu'elle était vide. C'était pas la bonne pince. Le crabe était retourné dans l'eau avec mon œil.

Mais au moins, moi, j'avais une de ses pinces.

Il brandit alors le pendentif qu'il porte autour du cou et qui ressemble à des pinces de crabe.

— Œil pour œil, pince pour pince !

J'aimerais rester silencieux et indifférent, mais c'est comme si j'en étais incapable. C'est qu'il a le tour, tout de même !

— C'est quoi, ça ? Pas les pinces du crabe... ?

— Évidemment, Nathan ! Pas vrai, monsieur ?

Monsieur IGA confirme, heureux de notre enthousiasme évident. Il n'y a pas eu de sang, je n'ai donc pas eu les jambes molles, je n'ai donc pas eu à m'asseoir sur mon lit, et personne n'a donc eu à m'y rejoindre et à sentir l'odeur d'urine que je perçois un peu d'ici. Il n'y a eu qu'une histoire qui, je l'avoue, a réussi à me captiver.

Chloé consulte sa grosse montre en plastique rouge. Elle est bien au poignet gauche, comme chez quelqu'un de responsable et de ponctuel.

— C'est poche, mais faut que j'aille souper. Je vais être en retard si je reste encore... J'espère qu'on va manger du crabe ! On se voit ce soir après le souper, Nathan ?

— Hum-hum.

Chloé hésite sur le seuil de la porte. Elle ne veut pas partir, de toute évidence. Je la connais comme le dessous de mon lit.

— Vous allez être encore là, Monsieur IGA ?

— Peut-être bien...

— S'il vous plaît, soyez là. Je veux savoir la suite.

Chloé part à regret, laissant le poissonnier seul avec moi. Il me sourit en silence, puis il promène ses yeux sur mon étagère de trésors.

— T'as une belle collection de trophées, mon bonhomme!

— Merci.

— T'as aussi de beaux coquillages...

— C'est mon père qui me les rapportait de la mer. Il m'apportait tout ce qui brillait.

— T'aimes tout ce qui brille, oui.

— Surtout les trophées. Ceux avec des athlètes dorés sur un podium.

— T'as pas envie de jouer au hockey, ou de faire de la natation?

Quoi?! Mais qu'est-ce que ma mère lui a raconté? Que je ne méritais pas mes trophées parce que je ne pratique aucun de ces sports? Sans que j'aie besoin de dire quoi que ce soit, Monsieur IGA se rend compte de sa bévue.

— Je m'excuse, Nathan. Ta mère m'a informé. J'ai dû trop la questionner. C'est de ma faute. J'aime les sports. Je lui ai demandé lequel de tous ces sports était ton préféré.

— C'est pas grave. J'aime pas vraiment le sport. J'ai essayé, mais non, j'aime vraiment vraiment pas ça. Mais quand je regarde mes trophées, je crois vraiment que c'est moi qui cours vite, et je me trouve bon. Je me trouve normal. Et en plus, les trophées, ça brille. C'est fait en or.

— Tu sais que c'est très correct, que t'aimes pas ça. On peut pas tout aimer dans la vie.

— C'est sûr.

— T'es chanceux d'avoir tant de coquillages... Tu peux entendre la mer à portée de la main.

— Hein ?

— Tu savais pas qu'on peut entendre la mer dans les coquillages ?

— Oui-oui. Mon père m'avait dit ça, une fois...

— On a juste à porter le coquillage à son oreille pis on peut entendre le bruit des vagues... C'est quelque chose de très beau.

Et sans me demander la permission, Monsieur IGA se sert. Il prend le plus beau et le plus gros de mes coquillages et va s'asseoir sur mon lit. Je le savais que c'était pour arriver! Je veux protester, mais je ne trouve aucun argument valable. Alors je le rejoins et m'assois à ses côtés. Il me tend le coquillage un peu poussiéreux. J'y colle l'oreille et y entends un bruit de vent d'automne. C'est vrai que c'est beau, mais je ne veux pas me montrer trop captivé par tout ça.

— J'ai pas besoin de coquillage, moi. J'entends même la mer dans les canettes de Pepsi. Il m'en faut pas beaucoup.

— T'es plein d'humilité. C'est une belle qualité, ça.

Je le regarde, comme si c'était pour la première fois. Il n'a pas l'air si vieux que ça. Il sourit beaucoup, presque tout le temps, en fait. Et sa voix est rassurante. Elle me fait penser à une voix dans une émission pour enfants à la télé. Il semble être un bon monsieur. Un peu vieux pour ma mère, oui, mais un bon petit monsieur quand même.

— Vous avez vraiment perdu votre œil dans les pinces d'un crabe?

— Tu peux garder un secret?

S'il savait comme je peux, oui!

— Oui.

— OK. C'est pas vrai, l'histoire du crabe. Je voulais juste amuser Chloé.

— C'est quoi d'abord?

— C'est un accident de travail moins drôle que l'histoire du crabe. J'ai fait ça tout seul avec un outil coupant comme des pinces de crabe. Tout ça parce que j'étais trop orgueilleux pour demander de l'aide.

— Et votre collier?

— Un porte-bonheur. Des pinces pour mordre dans la vie...

— Et votre œil de verre, lui? Quand même pas dans une huître pour vrai?

— Eh non! J'ai fait une petite infection. La clinique m'en prépare un neuf pour bientôt. En attendant, je joue au pirate à l'épicerie.

Chloé ne sait pas ce que je sais. Je suis un vrai de vrai privilégié. Je me rapproche subtilement de Monsieur IGA.

— Vous vendez du poisson ?

— Oui. Et je l'apprête... Du poisson, et tous les fruits de mer, aussi...

— Vous êtes un pirate ?

— Un genre de. Un petit pirate, mettons. Pas ben ben menaçant.

— Il me semble qu'un pirate, c'est toujours menaçant. Ça pense que tous les bateaux lui appartiennent.

— Regarde : j'ai mes deux mains. J'ai pas de crochet. Je suis une moitié de pirate.

— C'est vrai.

— Est-ce que je te fais peur ?

— Non. Désolé, mon vieux ! Vous sentez comme mon père.

Et c'est vrai. Il ne me fait pas peur, Monsieur IGA. Il est gentil, c'est de plus en plus évident. La comparaison que j'ai faite entre mon père et lui semble lui faire plaisir.

— Je vais t'avouer un truc : j'aurais aimé être marin, comme ton père. Beaucoup aimé.

— Il est peut-être pas trop tard pour changer de métier ? Ça s'appelle une réorientation professionnelle. Je le sais parce que ma mère en a fait une, il y a trois ans...

Monsieur IGA laisse échapper un petit rire amusé.

— C'est pas fou, mais j'aime aussi vendre le poisson. Je pêche les weekends. T'aimes pêcher ? Ton père devait bien t'emmener pêcher, parfois, non ?

— Oui, il m'emmenait, mais j'aimais ça moyen. J'aimais être avec mon père, mais les hameçons, j'aimais pas ça... Les vers de terre non plus. Et la texture du poisson. Et son odeur, aussi, évidemment.

— Dans le fond, tout ce que tu aimais de la pêche, c'était ton père ?

Je réalise qu'il a raison. Je souris. Un sourire qui dit oui.

— Ça va peut-être te surprendre, mais moi, si j'aime la pêche, c'est surtout parce que j'aime l'odeur du poisson.

— Vous avez de drôles de goûts !

— Je sais. Et comme je sais que la plupart des gens aiment pas cette odeur-là, je garde toujours une bouteille de pouche-pouche sur moi... Pour masquer mon odeur de poissonnier.

— Pour vrai ? J'adore l'odeur du pouche-pouche !

— Ah, ben ça nous fait un point en commun...

Mine de rien, Monsieur IGA regarde ses pieds. Ou alors il regarde les pieds de mon lit ? Ce regard me trouble. Je commence à paniquer. Sait-il quelque chose ? A-t-il senti la même odeur d'urine que moi ? Je joue à l'enquêteur, comme dans un film policier. Mais un enquêteur pas trop sûr de lui.

— Qu'est-ce que vous regardez, comme ça?

— Rien.

— Vous trouvez que ça sent bizarre?

— Pourquoi tu me demandes ça?

— Comme ça.

Ma voix a cassé. J'ai la gorge sèche. Je prends ma bouteille d'eau dans mon sac à dos et avale une généreuse gorgée. L'eau est tiède, mais ça m'aide à me redonner un peu de voix.

— Tu savais que quand on perd un membre, la force du membre perdu se transfère dans un autre membre? Par exemple, si tu perds un doigt, y a de fortes chances pour que tu sois plus fort du coude.

— Plus fort du coude?

— Oui, ou du genou. C'est une question de répartition de forces. C'est de la physique. Rien ne se perd, rien ne se crée... Tout se transforme.

— OK...

— Ben, c'est la même chose pour les organes. En perdant mon œil, toute la force de ma vision s'est distribuée ailleurs. Tu sais où ?

— Non.

— T'as aucune idée ?

— Dans l'autre œil ?

— Non. Dans mon nez !

— Dans votre nez ?

À mon tour de laisser échapper un petit rire. Quelle drôle d'affirmation ! Sentir mieux du nez parce qu'on a perdu un œil ! Mais c'est possible, après tout. Je n'ai jamais perdu un œil, donc je ne peux pas vraiment savoir.

— Eh oui ! Depuis que j'ai perdu mon œil, je sens deux fois mieux les odeurs ambiantes. L'odeur de chaque arbre, de chaque herbe, de chaque épice. L'odeur de la neige, des glaciers, des congélateurs au IGA. Chaque fois que ta mère change de shampoing, mon nez le sait. On peut pas lui en passer ! Il est fin sans bon sens !

Je peux identifier un poisson pas frais à plus d'un mètre !

Et pour me faire rire, il se met à renifler l'air, comme un petit chien. Mais ça ne me fait pas rire. Non. Pas rire du tout ! C'est que je me dis ceci : s'il a le nez si fin, si développé, c'est évident qu'il a repéré l'odeur de l'urine. Je me sens piégé. Je prends une autre gorgée d'eau tiède.

— Et d'ici... trouvez-vous que ça sent bizarre dans ma chambre ?

— Ça sent le fleuve.

— Et ça sent bon, le fleuve ?

— Ça dépend. Ça sent le sel. Des fois trop. Des fois, ça pique le nez.

— Ça sent ça partout dans ma chambre ?

Monsieur IGA renifle encore et se laisse guider par son nez.

— Non. Mon petit doigt me dit que ça sent le fleuve seulement... seulement sous le lit !

Il a raison. Son nez ne le trompe pas. Il a vraiment l'odorat plus développé que la moyenne.

Il y a un silence. J'ai la vive impression que le poissonnier se doute de quelque chose. C'est à cause de ses pouvoirs presque surnaturels. Mes mains deviennent très moites. Je veux prendre une gorgée de plus, mais ma bouteille d'eau me glisse des doigts. Elle roule entre les jambes de mon invité et poursuit sa trajectoire sous mon lit. Monsieur IGA est plus rapide que moi et s'accroupit pour la ramasser avant que j'aie le temps de faire quoi que ce soit. Mais plutôt que d'y retirer ma bouteille, il a mis la main sur une boule de sacs humides d'urine.

Mon cœur s'arrête. Monsieur IGA me regarde, intrigué. Son nez surdoué a certainement détecté l'odeur.

— Touchez pas à ça, c'est sale !

Et je tape sur sa main, question que la tête de monstre tombe au sol. Mon pied s'élance et la renvoie sous mon lit.

J'ai agi sans réfléchir. Sous l'impulsion, comme ma mère dit souvent.

Le poissonnier fronce les sourcils, sans doute surpris de mon étrange comportement. Il est trop tard. Je lui dois des explications. Ma voix tremble un peu.

— Avez-vous reconnu l'odeur?

— Oui. De l'urine.

Je dois boire de l'eau. Monsieur IGA semble le remarquer. Il se baisse de nouveau, glisse son bras sous le lit et me tend la bouteille qui y avait roulé. Je m'hydrate le gosier, alors que l'épicier ne dit rien. Il n'est pas stupide. Il sait bien que ce n'est pas normal, l'existence de ce monstre d'urine. Il doit attendre des explications.

Puis-je lui faire confiance? Je ne sais pas. Mais en même temps, je suis pris à la gorge.

— Si je vous dis un secret, vous êtes capable de le garder pour vous?

— Oui. Je suis un spécialiste des secrets.

— Faudrait pas le dire à personne.

— OK.

— Même pas à ma mère.

— Même pas à elle.

Je prends une grande inspiration. La plus grande de ma courte vie, peut-être ? Comme si je m'apprêtais à plonger sous l'eau, et que j'allais devoir y rester longtemps, pour un concours de souffle coupé ou une affaire dans le même genre.

— J'ai recommencé à faire pipi au lit.

— Ça doit pas être drôle, hein ?

Pas de jugement, rien. L'apnée est de courte durée, finalement. Je reviens peu à peu à la surface.

— Pas tellement, non... Je trouve même ça pas mal poche. Et comme si c'était pas assez, j'ai plus de pouche-pouche pour cacher l'odeur d'urine.

De sa poche, le poissonnier sort une petite bouteille qui brille.

— Je te donne ma bouteille. J'en ai plein chez moi.

— On dirait du parfum...

— C'est un genre de pouche-pouche.

— La bouteille est belle. C'est du cristal?

— Oui.

— Wow! Merci! Je me demandais aussi... Vous travaillez chez IGA, vous devez pouvoir prendre plein de sacs d'épicerie. Hein? Vous pourriez m'en apporter? Ma mère fait son épicerie avec des sacs en tissu.

— Elle fait bien, aussi. Tu sais que les sacs en plastique mènent la vie dure à l'environnement? Ça prend beaucoup beaucoup d'années avant de se désintégrer. Tu voudrais pas des sacs en papier, plutôt?

Je grimace en m'imaginant dormir sur des sacs de papier éventrés.

— Les gros sacs bruns? Non. L'urine passe à travers. Ça pourrait salir mon matelas, et ma mère se douterait de quelque chose...

— Tu veux un plastique pour pas souiller ton lit? Je peux t'apporter un drap-housse en plastique. Tu le mets chaque soir et tu le laves le matin.

— Je suis pas sûr. Je pourrais pas faire de monstres avec.

— Des monstres? Le sac plein d'urine que j'ai touché tout à l'heure, c'était un monstre?

Bon, ça y est. J'en ai encore trop dit! Est-ce que ce serait possible que je ne m'ouvre pas toujours la trappe deux minutes? Heureusement, au même moment, ma mère apparaît dans l'embrasure de la porte. Je me tais sur-le-champ. Monsieur IGA en fait autant.

— Toc. Toc. Toc. Je peux entrer, là?

Je souris à ma mère.

— Ben oui.

— Le souper est prêt. Je vous l'apporte ici pour que vous le mangiez ensemble en tête à tête, ou vous me faites l'honneur de votre présence dans la salle à manger, à mes côtés?

Monsieur IGA et moi rions de bon cœur.

— On s'en vient, Carmen.

— Wow! Je suis choyée.

Le poissonnier rejoint ma mère et regarde derrière lui, constatant que je ne suis pas.

— Tu viens?

— Je vais vous suivre. Monsieur IGA?

— Oui.

— N'oubliez pas de vous laver les mains avant le repas.

— J'y comptais bien. C'est gentil de me le rappeler, mais ma mère m'a bien élevé.

Ma mère rit, surprise, puis quitte ma chambre, suivi par son ami qui vient de découvrir mon plus grand secret. Je me croise les doigts pour qu'il ne me trahisse pas. Je fais un genre de prière pour qu'il respecte mon intimité. Et comme je ne sais pas au juste à qui adresser ma prière, je la lance vers le ciel derrière le hublot de mon grenier en pensant très fort à mon père.

Je reste seul un petit instant. Je regarde sous le lit. On dirait que ça remue. Quelques tentacules de plastique s'échappent, rampent jusqu'à mes pieds. Des tentacules plus malodorants que jamais. Je les asperge du parfum de Monsieur IGA. Le monstre se rétracte, retourne sous le lit. Comme le ferait une bête à qui on aurait tapé sur le museau.

Je renifle à mon tour comme un petit chien puis approuve l'odeur ambiante de ma chambre. Je suis satisfait. Ça sent bon. Je dépose la bouteille de cristal sur mon étagère de trésors brillants. Entre quelques coquillages et deux trophées. Ça me fait un trésor de plus.

Chapitre 6

— Bazwel! Ça pue donc ben! Ça sent le parfum!

C'est évidemment Chloé qui dit ça. Elle vient d'entrer en coup de vent dans ma chambre. Je sors à peine de table et déjà je cours derrière elle comme si j'étais chez elle. Pourtant, non. C'est elle qui est chez moi.

— Tu as le nez mêlé, Chloé. C'est du pouche-pouche. Regarde la belle bouteille!

J'agite le flacon sous le nez de mon amie qui fronce les sourcils.

— C'est une bouteille de parfum chic pour homme. C'est pas du pouche-pouche pantoute!

— C'est une bouteille de pouche-pouche en cristal, que je corrige.

— Qui t'a donné ça?

— Monsieur IGA.

— Ouin. Il est pas mal gentil!

— Il est ben correct.

Il y a un peu de jalousie dans les mots de Chloé. Ça me plaît, qu'elle soit jalouse de moi. Si elle savait ce que je sais en plus sur l'œil perdu de Monsieur IGA. Elle ne s'en remettrait pas! Je redépose délicatement la bouteille sur l'étagère. Ma collection de trésors est de plus en plus impressionnante.

— Avec tous tes trophées, t'as presque l'air d'un champion, mon bon petit morveux!

Chloé aussi me connaît bien. Elle sait bien que je ne pratique aucun sport et que je n'ai forcément remporté aucun trophée *pour vrai*. C'est peut-être le plus grand secret que je partage avec mon amie.

— Tu sais quoi, Chloé ? Chaque fois que je vois une voiture de police, je me sens mal. Je me sens coupable. C'est con, hein ? Je me dis qu'ils sont là pour m'arrêter, pour me punir d'avoir volé mes trophées.

— T'en fais pas. Tu les as pas vraiment volés.

— C'est tout comme. Je les ai pas mérités. J'ai pas travaillé pour.

De toute évidence, Chloé s'en fout. Elle regarde de près mes trophées et s'attarde devant l'un d'eux.

— C'est quand même drôle que t'aies un trophée de nageur, pis que tu saches même pas nager !

— Bof. Même si je savais nager, j'irais jamais me baigner à la plage.

— Comment ça ? T'as peur des monstres marins ?

— Non. Ma mère prétend que 75 % des gens sont paresseux et sortent pas de l'eau pour uriner. Ils font donc pipi dans la mer. C'est pour ça que je mange pas de poisson. C'est plein de pipi!

Chloé fait un son avec la langue. Un son qui montre qu'elle est attendrie par moi, comme si j'étais un enfant naïf et qu'elle, elle était une adulte qui connaissait tout de la vie.

— T'es *cute*. Qu'est-ce que tu penses que ça fait, un poissonnier comme Monsieur IGA, d'après toi? Il lave le poisson. Il lui fait un lavement d'estomac!

Je souris mais doute de sa révélation.

— Si tu dois avoir peur de quelque chose, Nathan, tu devrais avoir peur des monstres marins.

— Mon père me disait qu'il y en avait pas, de monstres, par ici.

— C'est pas vrai. Il y a pas juste le monstre du Loch Ness en Écosse, y a aussi le monstre Memphré, à Magog. Mais le plus épeurant au Canada, c'est l'Ogopogo!

— Y a des monstres par ici!?

— Mets-en ! On est pas à plaindre.

Elle dit ça pour m'effrayer, mais bien honnêtement, ça ne marche pas ! Ç'a marché longuement, depuis le début de notre amitié, mais depuis peu, je commence à en prendre et en laisser avec ma voisine !

— T'as peur des monstres, Nathan ?

— Bof, un peu, comme tout le monde.

— Pas moi ! Faut dire que j'ai pas peur de grand-chose. Pas peur des ours, pas peur des serpents, pas peur des éclairs... Moi, les éclairs, ça me fait sourire. J'imagine qu'on me photographie, à cause du flash. Pis je montre les dents, parce que je suis photogénique. Pour ton information, photogénique, ça veut dire que je suis belle sur photo. C'est ma mère qui dit ça. Tu me trouves-tu belle ?

Je ne sais pas du tout si c'est une blague ou non. Chloé bat des cils et attend clairement une réponse de ma part. Je suis pris au dépourvu. Ce n'est pas le genre de question auquel ma voisine m'a habitué.

— Bof.

— Tant mieux! Je préfère être laide. C'est plus facile à gérer. Les belles filles sont toujours malheureuses. On les aime jamais pour elles-mêmes. Moi, on m'aimera pour ma beauté monstrueuse.

Chloé rit, mais on dirait que son rire sonne moins vrai que tout à l'heure. Comme si elle se forçait pour rire.

— Si j'avais à mourir bientôt, je voudrais que ce soit avalée par l'Ogopogo. Qu'il m'avale d'un coup.

— C'est dégueu.

— Non. C'est romantique! Toi, comment tu voudrais mourir?

— Je veux pas mourir.

— Je sais, mais si.

— Je veux pas mourir, que j'ai dit!

— Je le sais! On joue! Je te demande juste comment tu voudrais mourir si t'étais obligé de mourir.

Elle m'épuise avec ses questions bizarres, ce soir!

— Je sais pas.

— Tu devrais te noyer. La noyade t'irait bien. C'est une belle mort. Il paraît qu'avant de mourir, tes poumons se remplissent d'eau et que c'est comme flotter dans l'espace.

— Comment tu sais ça?

— Ma tante s'est noyée.

— Elle est morte?

Chloé semble déçue.

— Non. Elle a survécu. Il y a un beau sauveteur musclé qui lui a fait le bouche-à-bouche. Elle a dit qu'y était tellement beau qu'elle a décidé de revenir à la vie.

Chloé consulte encore sa montre et fait une moue de mécontentement. Elle doit être rentrée dans deux minutes, car sa mère a accepté qu'elle s'absente seulement pour trente minutes. Après tout, il y a école demain. Mais c'est surtout pour moi que sa mère fait ça. Elle sait que sa fille aime beaucoup être chez moi et que si elle n'avait pas de couvre-feu, elle ne rentrerait jamais. Et elle sait que je me couche à 8 heures et demie, soit 30 minutes avant Chloé. Au fond, la mère de Chloé est très permissive. Ça ne la dérange pas que sa fille se couche à 9 heures. Ou même 9 heures et demie. Une fois, un soir de semaine, Chloé m'a même dit s'être couchée à 10 heures et quart et sa mère n'avait rien dit d'autre que «C'est toi qui vas être fatiguée demain, c'est pas moi». Et finalement, Chloé n'avait même pas été fatiguée. Chloé n'est jamais fatiguée.

Pendant que je regarde mes trophées, ma voisine passe devant mon miroir et elle fait un truc que je ne l'ai jamais vue faire! Jamais jamais! Même en onze ans d'amitié! Elle se recoiffe! Elle croit que je ne la regarde pas, mais je la vois. Du coin de l'œil, je la vois clairement qui dispose sa chevelure autrement. Chloé, une coquette? Impossible... Peut-être qu'au fond d'elle se trouve une fille qui veut être jolie, comme toutes les autres filles? Ou peut-être même qu'elle veut simplement être plus jolie à mes yeux?

Non. Ça ne se peut pas. J'ai dû mal voir. Chloé n'a pas pu se recoiffer... Elle a dû plutôt se décoiffer. C'est plus son genre.

— As-tu demandé à ta mère de venir dormir chez moi, finalement?

Je me retourne vers elle et fais semblant de voir sa coiffure pour la première fois.

— Tes cheveux sont drôles!

— Ah, je sais pas. Ils ont bougé dans le vent en venant ici, j'imagine.

— Il devait venter fort.

Le grand sourire de Chloé persiste, mais casse un peu. Je lui ai peut-être fait un peu de peine? En tout cas, pas suffisamment pour la garder silencieuse, car elle revient à la charge.

— Tu lui as demandé, à ta mère? Tu peux dormir chez moi?

— Non.

— Pourquoi?

— Je t'ai dit que ma mère voudra pas.

— Essaye! persiste la persistante Chloé.

— Non.

— Je vais lui demander, moi.

— Non !

— Pourquoi ?

— Parce que non, c'est non, bon !
Épaisse !

Ce qu'elle est insistante, cette fille !
Pas moyen de lui faire abandonner une
idée ! Pourquoi s'acharne-t-elle sur moi ?
Pourquoi veut-elle tellement que je
dorme dans son sous-sol, chez elle ? Elle
ne voit pas que je suis bien dans ma
chambre ? Et pourquoi les insultes lui
coulent sur le dos ? Elle est quoi, un
canard ? C'est ça ? Chloé est un canard ?
Un canard imperméable à tout ?

Dans la cage d'escalier qui mène à
l'étage du dessous, l'écho de la voix
chantée de Chloé s'élève jusqu'à mon
grenier. C'est une comptine inventée,
totalement improvisée et redondante.
Quelque chose comme : « Je suis une
é-pais-se. Je suis une é-pais-se. Une monstrueuse é-pais-se... »

Pas de doute : Chloé est une fille avec beaucoup d'humour.

Chapitre 7

— Tes vêtements sont tout propres.

Je sors le nez du goulot de la bouteille de parfum pouche-pouche de Monsieur IGA. Je referme le flacon et le dépose sur l'étagère à trésors. Je me retourne et vois ma mère dans l'embrasure de la porte.

— Merci.

Elle réajuste sa robe vert pomme qui a retroussé. Mais c'est naturel, chez elle, les vêtements qui retroussent. Tout retrousse sur elle, et c'est très bien ainsi. C'est peut-être une mère toute croche, mais c'est ainsi que je l'aime.

Ma mère toute croche tient dans ses bras la corbeille à linge propre. Les vêtements sont bien pliés, comme dans les magasins. Elle les dépose en quatre piles sur ma commode. Une pile de t-shirts, une de pantalons, une de bas et une de caleçons. Elle a fait sa partie, et la mienne n'est pas compliquée : il ne me reste qu'à tout ranger dans les tiroirs, selon l'ordre que j'ai personnellement décidé. Chaque fois que ma mère arrive avec les vêtements fraîchement lavés, je ne peux m'empêcher d'y plonger le nez. Je plonge donc le nez dans la pile de t-shirts. Ça sent l'assouplissant. Ça sent la sécheuse. Mais ça sent surtout le bon savon à lessive. Pas du savon à vaisselle. Non. Du vrai vrai vrai savon à lessive. Pendant que je range le tout dans mes tiroirs, ma mère flâne dans ma chambre.

— Je peux te parler un peu ?

— Hum-hum.

Je n'aime pas quand maman fait la «cérémonieuse». C'est comme ça que mon père la qualifiait, parfois, et je comprends de mieux en mieux ce qu'il voulait dire par là. Ma mère met toujours beaucoup de temps avant de dire les choses qu'elle veut dire. Elle enfile de longs gants blancs mais invisibles, le genre de gants des choristes des « années tranquilles » qui remontaient jusqu'en haut du coude (j'ai aussi vu ça à la télé ; je sais, je regarde beaucoup la télé !). Quand elle met trop de temps à dire quelque chose, je me mets toujours à angoisser. J'attends le pire. C'est sans doute depuis que ma mère m'a annoncé que mon père avait disparu en mer, il y a trois ans de ça. Ma mère avait alors pris dix minutes par mot. Ça lui avait pris près d'une heure à prononcer la pire phrase (composée de six mots, justement) que j'ai entendue dans ma vie : « Ton père est disparu en mer. » Six mots bien enfoncés à jamais dans ma vie.

Elle se décide à s'asseoir sur le bout du lit. Ce n'est pas bon, tout ça.

— Il a l'air gentil, hein ?

— Monsieur IGA? Oui. Il est gentil. Il sent comme papa.

— Tu trouves? Il sent plus le homard et les crustacés, non? Papa, lui, sentait la morue. J'ai peur de la mer, mais on peut dire que je l'aime par procuration.

— Ça veut dire quoi, « procuration » ?

— Ça veut dire que la mer me procure beaucoup de plaisir. Ça veut dire que j'aime les gens qui flottent sur l'eau.

— Et moi, je flotte sur l'eau? que je lui demande en la rejoignant dans mon lit.

— Toi, t'es le comble de la légèreté. Tu pourras jamais caler!

Ma mère me passe la main dans les cheveux. Sa bague me gratouille la tête. Ça me fait du bien. Je voudrais qu'elle n'arrête jamais.

— Chloé dit le contraire. Elle me dit que si on me mettait dans un lac profond, je calerais comme une roche. Que je me noyerais.

— Chloé dit ça ? demande ma mère, avec du reproche dans la voix.

Elle cesse de me jouer dans les cheveux. Déjà.

— Oui. C'est parce que j'ai jamais appris à nager.

— Je pensais que t'avais peur de l'eau, Nathan.

Je ne réponds rien. C'est que je ne sais pas ce que je veux. Un jour, je serai peut-être comme les autres ?

— Plus tard, j'aimerais fouiller les fonds marins, que je lance à ma mère, comme de la poudre aux yeux.

— Ah oui ? Pourquoi ça ?

— Chercher des trésors, que je propose.

— Tout ce qui brillait dans l'eau, ton père te l'a apporté. Ton père a vidé toutes les mers du monde de ses trésors pour te faire plaisir.

— Maintenant l'océan est quand même pas vide ?

— Il reste juste les animaux aquatiques.

— Et les monstres marins ? que j'essaie.

— Quels monstres ?

— Ceux en dessous.

— En dessous ? En dessous de quoi ? demande ma mère.

— En dessous des algues et des poissons... les monstres en dessous...

— Qui t'a raconté ça ? Chloé ? C'est ça ? poursuit ma mère avec du reproche contre mon amie.

— Non. Ça, c'est moi.

Ma mère prend un temps. Un long temps. Ça m'exaspère un peu, son affaire. Elle me regarde franchement dans les yeux. J'en fais autant avec les siens. Je remarque, presque pour la première fois, qu'ils sont beaux, ils sont bleus. Bleu profond. Je me demande si les miens sont d'un bleu aussi profond.

— Mon trésor, es-tu fâché que je sois avec un nouvel homme ? Honnêtement, là ?

— Non.

Et c'est vrai que ça me va. Je ne sais pas si je serais prêt à le lui avouer si ça me fâchait vraiment, mais depuis que je connais un peu plus Monsieur IGA, ça me va. C'est un bon monsieur.

— Tu me le dirais si quelque chose allait pas, hein?

— Oui, pourquoi?

— Comme ça. Une maman, ça s'inquiète facilement, tu sais.

— Y a pas de raison.

On dirait vraiment qu'elle sait quelque chose. Je n'aime pas ça.

— Y a rien-rien?

— Rien-rien.

Je la trouve de plus en plus insistante, comme Chloé! J'aime de moins en moins ça. On dirait qu'elle comprend que je n'ai pas envie d'en dire plus, car elle se lève. Lentement, comme à regret. Elle reprend la corbeille à linge vide.

— Parfait. Fais de beaux rêves, mon trésor. Tu peux me réveiller si tu fais un cauchemar.

Je fais une petite grimace de surprise. Je suis un peu froissé dans mon orgueil.

— Maman, j'ai passé l'âge de faire des cauchemars.

— OK. Tant mieux. Dors bien.

— Hum-hum.

Ma mère quitte la chambre, et ça me fait drôle. Je prépare mon lit pour la nuit. Je cherche un sac de plastique (ou deux idéalement) à éventrer pour la nuit, pour protéger mon matelas. Mais je n'en trouve pas. Je me croise les doigts. Je fais un genre de prière pour que ma nuit se passe bien, proprement. Et rapidement, je m'endors en rêvant à la mer.

Mon rêve est précis comme ça ne m'est jamais arrivé. Quelque part, sur cette mer, deux bateaux. Mon père est dans l'un (je le reconnais à ses vêtements), Monsieur IGA est dans l'autre. Ma mère est sur la rive et implore les cieux que les deux bateaux n'entrent pas en collision. Je suis avec elle. Je lui tiens la main pour lui donner du courage. Et finalement, quand les bateaux s'apprêtent à se croiser, Monsieur IGA salue gentiment mon père de la main (mais dans mon rêve, ce n'est pas vraiment une main, ça ressemble plus à un crochet de pirate). Mon père le salue de la main à son tour. Il a un gant de caoutchouc pour faire la vaisselle. Je m'approche pour voir son visage, mais je ne le vois pas. Il est dos à moi. Je lui crie de la rive qu'il me salue de la main moi aussi. Je crie à pleins poumons, à m'en faire éclater les cordes vocales. Ma mère me sourit tendrement mais ne m'aide pas à crier. Elle m'embrasse le front et rentre à la maison, qui n'est pas tout à fait la nôtre. Elle me laisse totalement seul sur la rive. Alors je crie encore plus fort. Et au moment où une de mes cordes vocales lâche et où ma voix s'éteint subitement, comme quand j'appuie sur *mute* sur la télécommande de la télé, mon père se retourne et regarde vers la rive. Comme s'il n'entendait que mon silence. Ce que je vois me trouble. Son visage a changé. Il ne ressemble pas aux photos que j'ai dans les malles, ici, ni à celles sur les murs. Ni à celle dans ma tête que je commence à oublier un peu plus, de jour en jour. Non. Dans mon rêve, mon père est un vieillard. Encore plus que Monsieur IGA. C'est un homme qui a 100 ans de plus que mon père.

Chapitre 8

Ce qui devait arriver se produit une fois de plus. Ma petite tragédie se poursuit cette nuit. La fin du monde vient encore de m'arriver. Misère.

Je me lève. Je regarde mon réveille-matin. Le 3,4 et 5 brillent. 3 h 45, donc. Je suis au beau milieu de ma nuit et c'est une fois de plus la sensation chaude et anormale qui me réveille. Je me souviens subitement que je n'avais pas mis de sacs de plastique. Mon drap-housse est tout trempé. C'est une catastrophe, encore plus que les autres nuits.

Je fais une boule avec mon drap et je rejoue aux quilles. Rituel habituel : direction salle de bains pour y laver mon caleçon. Savon à vaisselle pour ne pas que ma mère se rende compte que la quantité de savon à lessive a diminué. Me laver les cuisses. Enfiler un sous-vêtement propre. Et revenir dans ma chambre en marchant sur la pointe des pieds pour éviter que ma mère qui dort un étage plus bas ne se réveille.

De retour dans ma chambre, toutefois, je surprends des tentacules de draps envahir le dessous de mon lit et serpenter jusqu'à mes pieds nus.

Est-ce mon imagination qui galope ou c'est mon rêve inquiétant qui se poursuit? Je panique. Toujours est-il que je chuchote pour moi seul : « Papa, empêche-les de me manger! »

Sans réfléchir, j'ouvre un tiroir de ma commode et j'en sors une grande casquette bleue *Virginia Beach* que je visse sur ma tête. Une fois coiffé de la casquette, je m'apaise un peu. Comme si la casquette *Virginia Beach* avait des propriétés magiques.

Je deviens très calme. Je grimpe sur une malle de souvenirs et je chuchote maintenant aux tentacules mouvants : « Vous êtes le plus gros de mes monstres, mais vous me faites tellement pas peur. Vous vous appelez comment ? Pogo ? Ben, faites attention à vous, Pogo, parce que je sais me défendre ; j'ai obtenu mon trophée de boxe extrême. Je vais vous boxer le nez ! Vous allez rire jaune quand vous allez voir ce que je vais vous faire. Je vais mordre dans vos tentacules pis vous allez retourner en dessous, d'où vous venez. OK ? Vous avez compris, petit morveux ? »

Les tentacules ne bougent plus. J'ai dû leur faire peur. C'est comme un moment en suspension. J'en profite pour aller à mon étagère de trésors et je prends une canette de Pepsi qu'avait bu mon père, quelques jours avant sa disparition. Elle est cachée derrière mon trophée de karaté. Je porte l'oreille à la canette vide, comme si j'entendais la mer. Et il se trouve que je l'entends. Pour vrai vrai vrai. J'entends la mer, oui. Celle qui a capturé mon père.

Je regarde mon drap-housse en forme de serpent mort. Je lui parle, comme à un ennemi : « Ma mère serait pas contente de te trouver ailleurs que sur mon matelas, mais t'es plus un drap, t'es un monstre maintenant. Donc c'est plus ta place. Ta place, c'est sous le lit, avec les autres. Ça veut dire que t'as pas le droit de sortir de là. OK ? OK ? Sinon ma mère va être fâchée rare. Ça se fâche facilement, une mère pas heureuse. Pis ma mère est pas vraiment heureuse... Faut dire que c'est une veuve de mer. Ça, les veuves de mer, ça pleure leur mari disparu en mer avec des larmes qui s'échappent d'elles comme des anguilles. Quand elles pleurent, ça va vite-vite-vite, parce qu'une veuve qui se fait surprendre par son fils, ça fait pas bon genre. Les veuves de mer vivent leur chagrin rapidement, en maudissant la mer. Et elles essaient de passer l'éponge. Parce que la vie continue. »

J'apprivoise Pogo, mon ennemi. Je lui caresse un tentacule. Ç'a un peu la texture du tissu, évidemment. Mais avec quelque chose de visqueux. Quelque chose comme des algues ou du varech.

La bête se laisse apprivoiser. Elle tressaille doucement, et c'est tout.

Je caresse le monstre. Comme ça. Sans raison. J'ai un geste tendre pour lui. Puis, je le repousse délicatement sous le lit. Une fois disparu, je tâte le matelas. En plein centre, il est humide. Il y a un cerne qui me donne mal au cœur. Si j'y dors, je vais devoir me contorsionner toute la nuit pour ne pas être mouillé. J'hésite un peu, prends une grande inspiration et retiens mon souffle. Je plonge sous le lit. Je vais dormir parmi mes monstres marins, cette nuit.

Chapitre 9

À l'école, je me mets à penser à Pogo. J'ai failli me lever en retard, ce matin. Par chance, j'ai bloqué l'accès à Chloé. Je ne voulais pas qu'elle entre dans ma chambre, alors je l'ai rattrapée dans les marches. Par contre, je n'ai pas eu le temps de laver mon drap. Il est encore là, sous mon lit, malodorant, se prenant pour un tentacule de monstre marin gigantesque. Et si ma mère grimpait encore à ma chambre et qu'elle voyait qu'il n'y a pas de drap sur mon matelas ? Et qu'elle le trouvait sous le lit, encore humide ? Quand même pas. Elle ne va tout de même pas présenter deux jours de suite ma chambre à Monsieur IGA !

Ils peuvent aussi visiter sa propre chambre, il me semble. Non. Ma mère ne ferait pas ça. Elle a eu sa leçon, hier, quand elle est entrée sans me demander la permission. Je lui ai piqué une de ces colères qu'elle ne sera pas près d'oublier, j'en suis certain.

Mais si Monsieur IGA bavassait ? Hier, il a eu beau me rassurer, je ne suis pas convaincu que je peux lui faire réellement confiance. Après tout, je ne le connais pas vraiment.

La cloche sonne enfin. C'est la fin des cours. Je vais pouvoir tout nettoyer dans ma chambre.

— Est-ce que Monsieur IGA t'a raconté d'autres histoires bizarres, Nathan ?

Dans quelques minutes, Pogo va redevenir ce qu'il était avant : un simple drap-housse. C'est ce que je me dis en boucle, dans ma tête.

— Nathan ? Allô ! Je te parle !

Chloé est devant moi, les sourcils froncés, en train de masser et même pétrir la clémentine qu'elle tient dans ses mains, comme si c'était une balle antistress. Elle se prend pour ma mère, ou quoi? Je la dépasse. Nos maisons sont à deux minutes de marche de l'école. Elle peut bien rentrer sans moi.

— Depuis quand tu me dépasses? C'est moi la plus rapide des deux!

— Plus maintenant.

Chloé ricane. Ça l'amuse de devoir courir pour me rattraper. Moi, présentement, ma voisine est le dernier de mes soucis. J'ai mieux à faire que de marcher dans son ombre, comme toujours.

— Je t'ai jamais vu aussi pressé. Tu vas rejoindre quelqu'un?

Je ne l'écoute pas, alors je réponds n'importe quoi.

— Hum-hum.

— Qui? Une fille?

Je ne l'écoute toujours pas. Alors...

— Hum-hum.

Un silence. C'est curieux que Chloé ne parle pas. Sa voix dans mon oreille est une musique en boucle. Là, c'est comme si on avait tiré la prise de courant de Chloé. C'est inquiétant. Je jette un coup d'œil rapide et vois son visage. Elle semble triste. Elle a cessé de pétrir sa clémentine. Je ne comprends pas pourquoi.

— Tu vois qui ? Julie ? C'est ça ?

Mais de qui parle-t-elle ?

— Julie qui ?

— Julie Trépanier. Dans la classe.

— Ben non. Pourquoi je la verrais ?

— Je sais pas, moi. Tu m'as dit que tu voyais une fille...

— J'ai dit ça ? Ben non, j'étais dans la lune. Je vois personne.

— Cool.

Chloé semble satisfaite et rassurée.

— Bon, ben, bonne soirée, Chloé !

Je suis devant ma maison, déjà. Celle de Chloé est à cinq mètres, alors c'est ici que nos chemins se séparent. Mais ma voisine me suit, alors que je m'apprête à ouvrir la porte d'entrée de chez moi.

— Tu fais quoi, au juste?

— Ben, je te raccompagne à ta chambre, c't'affaire! qu'elle me dit, comme si c'était une évidence.

— Pourquoi tu me raccompagnerais à ma chambre?

— Parce que je le fais tout le temps.

— Et pourquoi tu me raccompagnes toujours à ma chambre?

Chloé réfléchit un petit moment. Elle est embêtée.

— Ben... Tu pourrais t'enfarger dans les marches. L'escalier qui mène à ton grenier est super étroit! Je suis très alerte, moi. Je pourrais te rattraper!

— Je suis alerte moi aussi. J'ai pas besoin de toi.

— T'es pas alerte pantoute, Nathan.

— Je suis super alerte.

Du tac au tac, Chloé me lance la clémentine qu'elle tenait dans sa main droite. Je ne la vois pas venir et la reçois en plein front. Chloé s'excuse en la ramassant à mes pieds.

— C'est beau. Ç'a pas fait mal. Mais recommence pas.

— T'as besoin de moi, Nathan. D'un coup que tu tombes...

— Si je tombe, ben je tomberai, Chloé. Ce sera la vie. Je tomberai, je me ferai mal et j'aurai une poque. Merci, Chloé, et à demain.

— On se voit pas après le souper? demande Chloé, stupéfaite.

— On verra ça. Là, je suis pressé.

Et je la laisse comme ça, et je claque la porte derrière moi. Elle est épuisante, aujourd'hui! Et elle me ralentit depuis tantôt. Tout de même, je me sens un peu coupable. Par le judas de la porte, je regarde Chloé gérer la situation. Elle est sur mon perron, démunie. Elle ne semble pas savoir quoi faire. Au bout d'un instant, elle se met à peler sa clémentine et traîne finalement ses pieds jusque sur son terrain. On dirait que je lui ai dit qu'on ne se reverra plus jamais. Je ne connaissais pas ce côté triste de Chloé.

Mais j'ai d'autres chats à fouetter, et surtout un drap à laver. Je grimpe rapidement au grenier sans perdre pied, sans tomber, ni quoi que ce soit. J'arrive sain et sauf dans ma chambre. Mais ce que j'y vois est pire que de tomber tête première dans l'escalier.

Ma chambre est méconnaissable, tant elle est propre. L'étagère de trésors brille plus que jamais. Chaque trophée semble avoir été astiqué. Le balai a visiblement été passé à la grandeur de la pièce. Mais surtout, et c'est le plus important : le drap-housse se trouve à sa place, sur le matelas. Pogo a réintégré son rôle de drap sans que j'intervienne. Et il sent le savon. Pas à vaisselle. Non. Le vrai savon à lessive de qualité. Sous mon lit : rien. Aucun monstre. Le plancher brille (il mériterait que je l'arrache et que je l'installe sur mon étagère à trésors étincelants !). Ma chambre est un sou neuf, et je suis dans une colère terrible.

Je sais bien que ce ne sont pas les anges du ménage ou ceux de la rénovation qui ont fait ça. C'est clairement ma mère. Et ça signifie donc une chose essentielle : elle sait tout.

C'est réellement la fin du monde, à présent. La véritable fin de ma dignité. Avant, ce n'était qu'une petite fin du monde. Cette fois, elle est réelle. J'ai été trahi.

Ça se bouscule dangereusement dans ma tête. Je me sens bouillir de l'intérieur. Mon sang est à *broil*, pareil à une lasagne dans un four. Je tente de me calmer un peu avant d'aller voir ma mère. Je veux préciser mes reproches. Ordonner mes pensées. Mais je ne peux pas. Mon cœur bat vite vite vite, et tout tourne autour de moi.

Rapidement, je commence à imaginer la scène. Je la vois parfaitement bien : ma mère, frottant frénétiquement le parquet avec une éponge et un produit nettoyant très puissant, sous mon lit, en train de chantonner une chanson de marin. Probablement «Belle Étoile du Nord», un air folklorique qu'elle se plaisait à chanter avec papa. Une chanson à deux voix, pour le marin et la femme de marin. Mais dans les circonstances, ma mère devait maintenant chanter les deux parties toute seule. C'est le lot des veuves de mer, il paraît.

Je la vois, à quatre pattes, sous mon lit, dans mes choses, dans mon monde à moi, et j'espère qu'elle s'est fait très mal. Qu'elle s'est donné un tour de reins, ou tordu le poignet en frottant, ou encore tapé la tête en voulant sortir de sous mon lit. N'importe quoi pour me venger, parce qu'elle a violé mon intimité, et surtout parce qu'elle connaît maintenant mon secret le mieux gardé.

Mais c'est surtout à Monsieur IGA que j'en veux. Il est clair que c'est lui qui a tout raconté à ma mère. C'est clair comme de l'eau de roche, oui! C'est lui le traître, dans cette histoire. Oui. C'est un traître. C'est ça que je vais aller lui dire!

Je suis gonflé à bloc. Je pars à la guerre. J'ai les yeux pleins d'eau (je suis malheureusement tout le temps comme ça quand je suis choqué!). Je dévale l'escalier et je charge vers la cuisine, où ma mère prépare le repas, comme si la vie continuait. Mais non, maman, la vie ne sera plus jamais la même.

— Tabarouette de tabarouette de tabarouette de tabarouette de tabarouette de tabarouette...

— Calme-toi, Nathan!

— Mais pourquoi t'as fait ça? Tabarouette de tabarouette...

— C'était tout sale.

— T'avais pas le droit! Tabarouette de tabarouette de tabarouette...

— Arrête de dire tabarouette! Pourquoi m'avoir rien dit, Nathan? Je suis ta mère! T'aurais pu me dire ces choses-là.

— Je suis pas obligé de tout te dire! C'est ton vieux *schnock* qui a tout déballé, c'est ça? Le vieux vieillard! Pas capable de garder un secret...

— Nathan, parle moins fort. Il est au salon. Il va t'entendre. Viens, on va aller parler dans ta chambre.

Elle passe devant moi et monte les marches en direction de ma chambre. Mais de quel droit? Je crie derrière elle, pour être certain que le traître m'entende bien.

— Je m'en fous qu'il m'entende. Il va comprendre que j'aime pas ça, les *stooleurs*!

— Il t'a pas trahi. C'est moi qui ai découvert... Je t'en prie, Nathan, baisse un peu le ton. Je sais que t'es fâché, mais c'est pas une raison pour alerter le monde entier.

— Oui, il m'a trahi!

Elle referme la porte de ma chambre pour ne pas que son traître d'ami m'entende.

— Mais Nathan, écoute-moi, je viens de te dire...

Je lui coupe la parole. Je veux que mes mots soient douloureux. Œil pour œil, méchanceté pour méchanceté.

— Pis je l'haïs, ton ami. Ton vieil vieil vieil ami! T'as pas idée comme je l'haïs!

— Ben voyons, Nathan!

— Pis toi aussi, je t'haïs!

Ma mère porte instinctivement la main à son cou. Je remarque que son étiquette est à sa place. Elle a fait des efforts, on dirait.

— Quoi?

— Je t'haïs! Je t'haïs parce que t'as écouté ton Monsieur IGA pis parce que tu te tiens avec des *stooleurs*! Je t'haïs parce que t'as mis le nez dans mes affaires! Mais surtout: je t'haïs parce que tu te fous de papa!

Cette fois, ma mère recule comme si je l'avais poussée. Ma vengeance fonctionne! Elle met la main sur la commode tout près, derrière, comme si elle allait perdre l'équilibre et qu'elle ne voulait pas tomber. Elle met un court laps de temps avant de plaider non coupable.

— C'est pas vrai, ça, Nathan. T'as pas le droit de dire...

— Oui, j'ai le droit. J'ai *full* le droit. Pis je veux que tu t'en ailles de ma chambre, maintenant que tu l'as toute mise à l'envers.

— À l'endroit, Nathan. Je l'ai mise à l'endroit.

— Va-t'en! Déguerpis!

— Mais Nathan...

Je crie comme dans mon rêve de la nuit passée. Je crie à m'en faire éclater les cordes vocales.

— Sors de ma chambre!

J'ai gagné. Ma vengeance a marché. Ma mère sort, la tête cassée. Dès qu'elle est sortie, je claque la porte derrière elle. Très fort. À en faire trembler les trésors de ma précieuse étagère. La porte qui claque, ça rajoute encore plus à mes mots violents. Ça fait un bruit à la hauteur de ma rage, de mon chagrin. Ça claque tellement fort que j'imagine la bourrasque que ça fait sur ma mère, dans l'escalier. Sans doute se rattrape-t-elle à la rampe pour ne pas tomber? Sans doute, oui. J'imagine surtout la tête qu'elle fait. Le chagrin sur son visage, à elle aussi. Un chagrin bien mérité.

Et pourtant, même si j'ai gagné, je m'explique mal les larmes qui me coulent des yeux. Pour que ça arrête, je n'ai pas d'autre choix que de m'enfoncer le visage dans l'oreiller de mon lit. Je pleure comme je n'ai pas pleuré depuis la disparition de papa. Je pleure sur le saccage propre de ma chambre, sur le saccage dans ma vie. Sur mon secret violé. J'inonde ma taie, mes draps, mon lit. Et pendant que je pleure et que je me dis que ça n'arrêtera jamais, je ne pense qu'à une chose : c'est fou comme le savon à lessive de ma mère sent bon.

Chapitre 10

À un moment les larmes arrêtent. On pense tout le temps que ça n'aura pas de fin, mais la fin vient toujours. Je le sais parce que j'ai du vécu, moi. Pour un gars de onze ans, oui.

Rayon chagrin, je suis un expert.

Je regarde l'heure. Je pense que ça fait une bonne heure que je pleure comme ça, comme un bébé. Et j'ai très très mal à la tête. Je me relève et aperçois un mot sous la porte. Je marche sur la pointe des pieds, pour ne pas que ça craque et que ma mère sache que je suis debout. Je ramasse le papier et lis :

Je m'excuse, mon amour.

Je m'excuse.

Tout est de ma faute.

Mon ami n'y est pour rien.

C'est moi qui ai tout découvert hier.

Crois-moi, je t'en prie.

Si tu as faim, tu n'as qu'à ouvrir
   la porte.

Je t'ai gardé une assiette de lasagne.

Je t'aime.

MAMAN xxx

P.-S.: Rappelle Chloé, ça fait trois
   fois qu'elle appelle.

J'ouvre délicatement la porte. Devant moi, un plateau, avec une lasagne encore chaude et un gros verre de jus de pomme. Et le téléphone sans fil.

Je mange le tout. À mesure que j'avale, mon mal de tête s'atténue. Je reprends des forces. Dès que je termine mon repas, je ne sais plus quoi faire. Je n'ai pas envie d'aller rejoindre ma mère et son ami en bas, mais je n'ai pas envie non plus de ne rien faire et de ruminer ma peine. Alors je téléphone à Chloé.

— Tu m'invites, Nathan? Je sais pas quoi faire ce soir.

La voix de Chloé est près de la supplication.

— Je sais pas quoi faire non plus.

— J'arrive! crie Chloé dans le combiné, au bord d'une explosion de joie.

Au bout de deux minutes, Chloé est déjà dans ma chambre, plus ou moins costumée en pirate, toujours dans son séduisant sac-poubelle noir et son cache-œil sur sa conjonctivite en voie de guérison.

« Vous n'avez aucune chance de vous en sortir. Vous êtes fait comme un rat. Veuillez vous rendre. Lâchez vos armes.

Vous êtes encerclés de matelots! Vite, donnez-moi tout ce que vous avez de plus beau!»

Je n'ai pas précisément le cœur à jouer, mais ne rien faire serait pire. Au moins, Chloé est là pour me changer les idées, un peu.

Elle fait quelque chose qu'elle n'a jamais fait : elle vole un trophée sur l'étagère de trésors.

— Touche pas à mes trophées!

— Je viens vous voler. Soyez docile. Où est votre coffre aux trésors?

Je me place devant une malle, lui en interdisant l'accès. Je ne veux pas qu'elle fouille dans les souvenirs de ma famille.

— J'ai pas de coffre.

— Pas grave. Mettez tout dans un sac en plastique. Ça s'apporte mieux, en plus.

— Avec un ruban, peut-être?

— Pourquoi pas?

— Y m'en reste plus, de sac.

Et c'est bien vrai qu'il ne m'en reste plus. D'ailleurs, je l'ai payé cher la nuit passée.

— Pas grave. Prenez votre *tête* d'oreiller. Mettez les trophées dedans !

— Pas celui-là ! C'est mon préféré.

Chloé ne peut s'empêcher d'échapper un rire de surprise.

— Ton trophée de natation ? !

Et son rire prenant toute la place, elle échappe aussi le trophée, qui se brise au contact du sol. Je suis catastrophé. Je vis clairement un des pires jours de ma vie !

— Chloé ! Maudite *gnochonne* ! T'as cassé mon trophée !!!

— Hein ? Où ça ?

— Son bras ! T'as cassé le bras de mon nageur !

Le rire de Chloé se poursuit, mais c'est un rire nerveux, maintenant. Elle s'en veut, je m'en rends compte, mais je m'en fous. C'était à elle à faire attention.

On dirait que tout le monde veut saccager ce que j'ai.

— Il peut nager avec un bras.

— Il calerait, épaisse !

— Comme toi. Il peut plus nager. Il te ressemble plus. Tant mieux.

— Pas tant mieux ! C'était un trophée en or ! Tu l'as cassé !

— C'est pas de l'or, c'est du plastique avec de la peinture dorée.

— Non, petite épaisse ! C'est de l'or pour vrai ! Pis c'est le seul trophée que m'a donné mon père. Tu vas devoir passer toute ta vie à travailler pour me rembourser.

Je le vois bien dans ses yeux : Chloé a peur. Enfin, les rôles sont inversés !

— Je vais pas te rembourser.

— Oui, tu vas me rembourser ! Sinon je te tue !

Chloé force son rire.

— J'ai peur ! C'est fou comme j'ai peur !

La porte s'ouvre. Il fallait s'y attendre. J'avoue qu'on faisait tout un boucan, Chloé et moi. Mais ce n'est pas ma mère, dans l'embrasure de la porte. C'est Monsieur IGA.

— Qu'est-ce qui se passe ici? Nathan?

Je me tais et me force à avoir l'air le plus distant possible. Pas question que j'adresse la parole à cet homme qui m'a trahi.

Chloé semble se sentir mal pour Monsieur IGA, qui attend une réponse.

— Nathan, le monsieur te parle.

— J'entends rien.

Chloé soupire et avoue ses torts.

— Nathan est fâché parce que j'ai cassé le bras de son nageur.

— Elle a certainement pas fait exprès, Nathan. Hein, Chloé?

Chloé est ravie d'avoir un allié.

— C'est ce que je lui ai dit. C'était un accident. Mais ça lui va bien, à son nageur. Un bras en moins, c'est drôle.

Elle rit en espérant que Monsieur IGA rira aussi. Mais il ne rit pas. Alors ma voisine tente de réfléchir un peu.

— Je suis sûre que ça se répare.

— De l'or, ça se recolle pas ! que je lui dis.

— Du plastique, ça se recolle.

— C'est pas du plastique, maudite épaisse !

Monsieur IGA intervient, comme le ferait un adulte responsable et ennuyant.

— Bon, bon, bon. Montre-moi le trophée, Nathan.

À contrecœur, et surtout très lentement, je lui tends le trophée d'une main, et le bras cassé de l'autre. Monsieur IGA détaille les deux parties en plissant l'œil et décrète que ça se recolle. Chloé jubile, soulagée. Moi, je me ferme encore plus.

— Tu vois. Je le savais. Monsieur IGA pense comme moi.

— J'ai de la colle parfaite pour ça chez moi, Nathan.

— Tant mieux pour vous! que je lui réponds du tac au tac.

Chloé, encore une fois, retient un rire nerveux. Elle se mord les lèvres. Elle me trouve drôle d'avoir dit ça, je le sais. Elle regarde du coin de l'œil le poissonnier. Que répondra-t-il à ça? Elle se le demande bien!

Monsieur IGA inspire et demande à Chloé de le laisser seul avec moi un petit cinq minutes. «Pour qu'on puisse s'expliquer.»

— Oh, mais faites comme si j'étais pas là... dit Chloé.

— C'est un peu personnel, qu'il insiste.

Chloé me regarde avec des yeux de meilleure amie.

— Bon. Je vais aller attendre dans l'escalier, d'abord. Nathan, s'il t'attaque, crie très fort et je vais venir te sauver.

Alors que Chloé sort de ma chambre, je me sens un peu obligé de reconnaître qu'au fond, cette fille-là est précieuse dans ma vie.

Après un silence, Monsieur IGA ouvre la bouche.

— C'est une bonne amie, Chloé. Elle prend soin de toi.

— J'ai rien à vous dire. Je parle pas aux *stooleurs*!

— Tu fais bien! Moi aussi, je leur parle pas!

— Vous devez pas vous parler beaucoup.

Je suis fier de ma réplique. Ça sonne drôle, encore une fois. Chloé aurait ri, c'est sûr!

— Je préfère parler avec les autres...

Un autre silence lourd. Puis, Monsieur IGA plonge.

— Nathan, je suis désolé pour le grand ménage...

— Vous m'aviez promis de garder ça pour vous!

— C'est vrai. Mais il se trouve que ta mère et moi, on s'en est rendu compte avant que tu me le dises... Hier, en fait. Quand elle me faisait visiter ta chambre. C'est la faute de mon nez trop fin. Tu le sais... J'aurais dû te le dire que je le savais, ça c'est vrai. Je suis désolé. Vraiment, petit bonhomme. Mais j'étais content que tu partages un secret avec moi. Je me sentais privilégié, tu comprends?

— Vous m'avez laissé partager mon secret avec vous, même si vous le saviez déjà?

— Disons que je m'en doutais...

— C'est *cheap*...

— Est-ce que ça serait moins *cheap* si je partageais moi aussi un secret avec toi?

— Quel genre de secret?

— Un gros. Un très gros secret.

— OK. C'est quoi?

— Quand j'étais petit, tu me croiras pas, mais très longtemps, j'ai fait pipi au lit.

En effet, mon réflexe naturel, c'est de ne pas le croire. Il dit ça pour se racheter, assurément. L'astuce est bonne, mais je ne suis pas stupide!

— Vous me niaisez!

— Malheureusement non.

— C'est pas une nounounerie comme l'histoire du crabe qui arrache les yeux, ça?

— Non, Nathan. C'est vrai-vrai, ça. Je l'ai dit à personne, presque. Pas à ta mère, en tout cas.

Et si c'était vrai? C'est possible, après tout.

— Ta mère ne sait rien de ça, Nathan. Je l'ai juste dit à deux personnes. À toi. Et à ma mère.

— Vous l'avez dit à votre mère?

— Oui. Mais je lui avais fait promettre de pas le dire à mon père, ni à mes frères. C'était notre secret.

— Comment elle a réagi, votre mère?

— Elle m'a juste dit : « C'est la vie, mon petit Richard. T'es juste un grand assoiffé de la vie avec une petite vessie ! »

— C'est drôlement dit. C'est qui, Richard ?

— C'est moi.

Je suis sur le cul.

— Vous avez un nom ?

Monsieur IGA éclate de rire.

— Eh oui ! On en avait, même dans mon temps !

Chloé, de l'autre côté de la porte, trouve le temps long. C'est une fille ponctuelle, oui, mais surtout terriblement impatiente. Elle prend le rire de Monsieur IGA pour une trêve. De l'escalier, elle crie :

— C'est vraiment plate dans les marches ! Je peux-tu revenir, là ?

Monsieur IGA me regarde dans les yeux, l'air de me dire que la décision m'appartient.

— Ben oui, tu peux revenir, Chloé !
que je décide.

Chloé revient à la course et me
retrouve en un seul morceau.

— Et comme tu vois, j'ai pas dévoré
ton ami ! rigole Monsieur IGA.

Chloé sourit et prend ses aises, pour
faire changement. Elle s'assoit sur mon
lit et questionne le poissonnier.

— Croyez-vous aux monstres marins,
Monsieur IGA ?

— Si je crois aux monstres ? Humm…
Bonne question… Ma mère disait toujours : «Je crois pas aux fantômes, mais
j'en ai peur.» Je dirais un peu comme
elle : je ne crois pas aux monstres, mais
j'en ai peur. Et j'ajouterai que j'adore
avoir peur.

— Moi aussi ! Mais je suis très exi-
geante ! On me fait pas peur facilement.
Vous connaissez des histoires qui font
peur ?

— Je dois bien en connaître au moins une, je crois...

— Racontez!!! supplie ma voisine.

Monsieur IGA se tourne vers moi.

— Ça t'intéresse, toi aussi, Nathan?

— Hum-hum...

Et c'est en partie vrai. Je suis prêt à avoir peur. Je suis fait fort, au fond.

— Vous connaissez les bateaux suicides[1]?

Chloé réfléchit et fait semblant de s'y connaître. Ma main au feu qu'elle ignore totalement ce que c'est!

— Ça me dit de quoi...

Moi, je suis honnête.

— Des bateaux qui se tuent? Qui se noient par exprès, mettons? que je demande.

— Pas tout à fait, répond Monsieur IGA.

---

1 Inspiré d'un conte du même nom d'Horacio Quiroga.

De son côté, Chloé poursuit sa recherche dans ses faux souvenirs.

— Ça me dit vraiment quelque chose...

Monsieur IGA vend la mèche.

— Des bateaux désertés dans des circonstances étranges.

— C'est en plein ce que je pensais ! se vante Chloé.

Le poissonnier commence son histoire et baisse la voix, pour créer davantage de mystère. Comme Chloé quand elle se prend pour la pirate-poubelle.

— La nuit, en bateau, il y a pas grandchose de plus terrible que de rencontrer un navire abandonné. Si on arrive pas à l'éviter, le choc emporte les deux navires.

— Pourquoi un navire serait abandonné ? que je demande.

— Un incendie, par exemple ? propose Chloé.

— Oui, ou une tempête, poursuit Monsieur IGA. Mais parfois, les causes sont inconnues. C'est comme l'histoire du *Maria Margarita*, un navire qui leva l'ancre à New York le 24 août 1903.

— Étiez-vous dans le navire? que je m'informe.

Monsieur IGA éclate de rire.

— Non. J'étais pas encore né!

Bravo, Nathan! Je calcule et je réalise que je viens de lui donner plus de 100 ans! Je viens peut-être de lui faire de la peine? Ma mère m'a déjà dit que les adultes n'aiment pas être vieillis. Elle m'a expliqué ceci: jusqu'à ce qu'on soit majeur, on veut paraître plus vieux, et une fois la majorité passée, on veut paraître plus jeune. C'est complexe, la vie!

Chloé cherche à m'excuser.

— Vous en faites pas, Monsieur IGA! Nathan a jamais été bon avec les chiffres. Qu'est-ce qui s'est passé avec le *Maria Margarita*?

Monsieur IGA poursuit. Il n'a pas vraiment l'air blessé par mon erreur de calcul.

— Deux jours après son départ, un paquebot croisa le *Maria Margarita* qui ne répondit pas à son signal. Le capitaine du paquebot décrocha une chaloupe qui aborda le *Maria Margarita*. Sur le navire, il y avait personne. Les chemises des marins séchaient à la proue, le fourneau était encore allumé. Aucun signe de lutte ou de panique. Tout était parfaitement en ordre. Mais tout le monde avait disparu. Que s'était-il passé ?

— Ayoye ! Je sais pas ! que je reconnais.

— Moi, je sais, je pense. Continuez pour voir, ordonne Chloé.

Monsieur IGA ne se fait pas prier davantage et poursuit son histoire étrange.

— Une passagère suggéra que les aigles auraient pu enlever les membres de l'équipage.

— Ça se peut, ça ? que je demande.

— Pas tellement, dit l'épicier.

— Voyons, Nathan. Pense avec ta tête ! se moque mon amie.

Monsieur IGA baisse encore plus la voix, ce qui nous fait frissonner tous les deux, Chloé et moi.

— Toujours est-il que le capitaine du paquebot proposa à huit de ses hommes de rester à bord du navire, pour le ramener au port le plus près. Le navire et le paquebot voyagèrent ensemble. Durant la nuit, alors que l'équipage chantait des chansons de marins, le navire prit un peu d'avance. Le matin suivant, le paquebot le rattrapa et... y avait personne sur le pont. Peut-être que les hommes dormaient? Le capitaine décrocha de nouveau la chaloupe, et quelques hommes fouillèrent tout le navire. À leur tour, les huit hommes avaient disparu. Et rien, pas un objet avait bougé. La mer était absolument lisse. Dans la cuisine, une casserole de pommes de terre bouillait encore...

— Ils s'étaient pas cachés, pour faire une blague? que je propose.

— Non, Nathan. Ils avaient fouillé partout! corrige Chloé.

— Mais comment ils avaient disparu, d'abord ?

— Je suis presque certaine de la réponse. Vraiment presque. Continuez, pour voir ?

— Le capitaine décida que c'était son tour. Il voulait élucider le mystère. Alors, devant tout l'équipage du paquebot, il s'embarqua sur le navire.

— Wow ! Il était courageux, le monsieur ! que je m'extasie.

— Moi, j'y serais allée, se vante encore Chloé.

Je ne me peux plus !

— Et puis ? Qu'est-ce qui s'est passé ?

Monsieur IGA ne peut dissimuler un petit sourire de plaisir, voyant à quel point Chloé et moi sommes rivés à ses lèvres.

— Le capitaine a passé quatre bonnes heures à diriger le navire en sifflant. Puis, subitement, on dit qu'il s'est redressé, a rajusté ses vêtements, a lissé sa chevelure et s'est mis à marcher tout ensommeillé.

Il a regardé au loin et s'est jeté à l'eau. Personne l'a vu remonter à la surface.

— C'est en plein ce que je pensais! En plein dans le mille! ment Chloé, victorieuse sans aucune raison.

— Wow! C'est vrai que ça fait peur comme histoire, que je reconnais.

— Je dois avouer, par contre, que je suis pas vraiment surprise, moi. Ça m'a pas fait peur. Pas une miette...

Je fais les yeux ronds et je regarde Chloé qui regarde Monsieur IGA. Que mon amie savait l'issue de cette histoire, j'en doute sérieusement. Elle ne connaît quand même pas tout, Chloé!

— Prenez pas ça personnel, Monsieur IGA, mais je suis difficile à contenter. Il m'en faut beaucoup pour avoir des frissons. Vraiment vraiment beaucoup, se vante ma voisine.

— Pas moi. Regardez, j'ai la chair de poule.

Je montre mes bras, comme une preuve. Je suis encore parcouru de frissons.

J'aime ça, la sensation d'avoir les poils des bras tout hérissés.

Chloé examine mes bras de plus près.

— Même pas vrai ! Je vois rien.

— C'est que j'ai le poil de bras trop court. Mais j'ai vraiment la chair de poule !

Pendant que nous comparons la longueur de nos poils de bras, Chloé et moi, Monsieur IGA s'inquiète un peu.

— J'aurais peut-être pas dû vous raconter ça...

Mais Chloé et moi, nous le rassurons vivement.

— Non, non. Vous avez bien fait !

— C'était peut-être une histoire trop lugubre, qu'il nous dit.

Je trouve le mot curieux. *Lugubre*. Qu'est-ce que ça peut bien signifier ? Je demande une définition au poissonnier.

— Sinistre, si tu préfères. Une histoire trop sombre...

— Faut pas s'inquiéter, Monsieur IGA. Nathan et moi, on peut en prendre. On est fait forts. Hein, Nathan?

J'acquiesce. Monsieur IGA se met à sourire coquettement, comme une petite fille qui joue à la cachottière. Pas vraiment comme le ferait Chloé, mais plus comme le ferait Julie Trépanier, une fille dans ma classe.

— Je sais que ça peut pas remplacer ton beau trophée, mais... j'ai une petite surprise pour toi.

— C'est quoi?

Monsieur IGA se lève et descend à l'étage chercher sa surprise, un peu comme le ferait sans doute Julie Trépanier. Chloé est autant intriguée que moi. Nous nous taisons. Nous ne faisons qu'écouter les pas du poissonnier partout dans ma maison. Le parquet craque tant que je peux savoir avec précision par quelle pièce il passe. Il revient rapidement, plutôt essoufflé (mais pas autant que le serait un vrai vieillard de plus de 100 ans!), avec un paquet de sacs d'épicerie. Je suis ravi. Je tente à peine de cacher ma joie. Chloé, elle, ne semble pas comprendre le sens de ce cadeau et ma joie. Elle demande des explications.

— Pourquoi des sacs d'épicerie?

— Comme ça. C'est notre secret. Hein, Monsieur... IGA?

— C'est notre secret. Désolé, Chloé.

— Pas grave. J'aime pas ça, les secrets, de toute façon. Nathan, tu vas pouvoir reprendre ta *tête* d'oreiller et mettre mon butin dans un sac en plastique!

Monsieur IGA est intrigué, et Chloé se venge d'être tenue à l'écart. De n'être pas au courant de tout ce qui concerne ma vie, au fond.

— Ah! C'est notre secret à Nathan et moi, Monsieur IGA. Vous pouvez pas comprendre.

Je fronce les sourcils.

— Ah oui?

— Ben oui, Nathan.

Chloé regarde Monsieur IGA comme si elle le soupçonnait de quelque chose. Comme si elle pouvait lire en lui quelque chose que les autres ne peuvent pas déchiffrer.

— C'est quoi, votre vrai nom?

— Mon vrai nom? qu'il répète.

— Vous vous appelez certainement pas Monsieur IGA pour vrai.

Je panique un peu. Je veux être le seul à connaître la vérité sur son prénom. Je veux être un vrai de vrai privilégié. Mais Monsieur IGA est un homme honnête. Alors il lui expose la « vérité ».

— Nathan, elle a le droit de savoir. Alors je vais te le dire, Chloé. Ça peut paraître très étrange, mais IGA, c'est mon vrai nom. I pour Isidore. G pour Gérald. Et A pour André. Isidore Gérald André. C'est mon nom.

— C'est vraiment long! accuse Chloé.

— Je suis d'accord. Beaucoup trop long, en fait! Et pas très beau en plus...

Je me sens infiniment privilégié de savoir la vraie vérité, moi. Je joue le jeu et j'en rajoute.

— C'est pour ça que tout le monde l'appelle IGA. C'est moins compliqué. Pas vrai, Monsieur IGA?

— Eh oui... C'est moins compliqué.

Chloé ne remarque pas le clin d'œil que Richard m'envoie, et elle se confie à son tour.

— Dans le fond, Monsieur IGA, on se ressemble beaucoup.

— Ah oui?

— Savez-vous ce que c'est, mon vrai nom?

— Non.

— Chloé-Anne Lasalle Rivard. Mais tout le monde m'appelle Chloé. C'est moins compliqué.

Monsieur IGA lâche un petit rire.

— T'as raison, petite. Pourquoi se compliquer la vie?

Chapitre 11

À présent, je suis seul. Seul dans ma chambre. Il est 8 heures 37 minutes. J'ai dépassé l'heure du coucher, mais c'est OK. Ma mère n'est pas encore venue me dire que c'était l'heure. C'est comme si c'était une occasion spéciale. Un jour de congé ou de fête. Alors je prolonge ma journée. Une journée déjà longue, remplie, mouvementée. Une journée de montagnes russes !

Je suis au sol. Devant moi, j'ai les sacs en plastique que m'a apportés Richard, alias Monsieur IGA. J'en choisis quelques-uns pour créer des monstres. C'est une histoire de bricolage, c'est tout. Mais du bricolage de qualité ! Avec du ruban adhésif, je crée des formes nouvelles. Avec un marqueur noir, je leur crée un visage plus ou moins méchant. J'ajoute des cure-pipes en guise de tentacules, selon mon instinct créatif. Puis avec de la colle blanche, je fixe des barbes de ouate ou des moustaches de brillants. Chaque sac se transforme en monstre unique, différent. Mais tous plus idiots que méchants. J'en ai réalisé quatre. Ils me regardent avec leurs petits airs doux et sympathiques. J'en fais un cinquième avant d'aller au lit. Je suis un véritable artiste en pleine création.

L'escalier craque, mais c'est rassurant. Je reconnais trop bien le bruit léger des pas de ma mère. Je ne l'ai pas revue de la soirée. Pas depuis notre grosse chicane. Pas depuis que je l'ai poussée violemment avec mes mots. Je m'en veux, là. Je suis allé trop loin. Les mots ont dépassé ma pensée. Je me rappelle. « Les mots ont dépassé ma pensée. » C'est une phrase que mes parents se disaient souvent, au lendemain d'une dispute. Et chaque fois, ils se serraient dans leurs bras, comme si le temps avait été long. Comme si la nuit avait été une éternité. C'était le plaisir de la réconciliation. Le plaisir et l'apaisement. C'était plus qu'une trêve. C'était la promesse de tout faire pour qu'une autre chicane ne s'immisce pas entre eux.

C'est exactement ça que je ressens, présentement. C'est de ça que j'ai envie. L'apaisement d'une réconciliation. Entre ma mère et moi. C'est ce que je veux. C'est ce que je me souhaite. Je n'aime pas la chicane. Je veux dormir le cœur léger.

Et voilà : ma mère est là, au seuil de ma chambre. Elle porte le vieux pyjama de papa et tient dans une main un sac avec quelque chose à l'intérieur. La porte est déjà ouverte, l'air de dire « je t'attendais ». Alors elle cogne sur le cadre de porte.

— Je peux entrer ?

— Hum-hum...

Elle entre. Elle marche un peu, ne sait pas où s'asseoir (le lit a été la source de notre chicane, après tout). Alors elle reste debout. Je la détaille de haut en bas en souriant.

— On voit ton étiquette.

Elle regarde son pantalon, touche la languette de tissu précisant le pourcentage de coton que contient son bas de pyjama et elle rit, découragée d'elle-même. L'étiquette me fait penser à une langue de monstre. Ça me fait sourire. Peut-être que je pourrais découper toutes les étiquettes des vêtements de ma mère et les coller aux bouches de mes monstres, comme s'ils tiraient tous drôlement la langue? Il faudrait que j'en parle à ma mère...

— Oups. Je suis tellement tête en l'air. C'est que je fais sécher les vêtements à l'envers... C'est pour ça.

— Je sais, maman. Pas besoin d'expliquer. Je sais.

Et puis non. Qu'elle les garde, ses étiquettes. Elle est belle comme ça, ma mère. Elle est belle quand elle vit au verso du monde. C'est comme ça que je l'aime, oui. Je ne le dirai jamais assez. Je me sens proche d'elle. Je me reconnais dans tout ce que ma mère a d'imparfait. C'est l'œuvre de la génétique, j'imagine.

— Qu'est-ce que tu fais, mon grand?

— Des sculptures de sacs.

Ma mère est réellement intriguée.

— Ah bon. Et ça représente quoi?

— Des monstres marins.

— Oui, je vois! Ils font peur, un peu. Ils sont pas méchants, toujours?

— Ben non, maman. C'est juste des sacs.

— Ils s'appellent comment?

Je pointe à tour de rôle les quatre monstres que j'ai bricolés. Je lance des noms au hasard, pour faire plaisir à ma mère. Mais je ne leur avais pas prévu de noms. À onze ans, on évite de donner des noms à tout ce qu'on crée, il me semble. Mais bon, j'ai une mère à contenter.

— Lui, Aéro. Lui, Fudgéo. Lui, Coco. Et lui, Rocco!

Elle sourit, comme font les mamans attendries. Elle porte attention au dernier monstre que je complète. Le cinquième. Comment je vais l'appeler, celui-ci? Je ne sais pas. Je n'ai pas encore de nom pour ce monstre-là.

— T'aimerais qu'il porte le même nom que papa? propose ma mère. Ça serait drôle, non?

— Peut-être. Mais tous mes monstres finissent en « o ». Pas Robert.

— Tu peux l'appeler Roberto?

— Ça sonne un peu trop coiffeur italien à mon goût...

Elle me l'accorde en riant de bon cœur. Elle regarde le lit et me regarde, cherche à voir si mes yeux vont lui en interdire l'accès. Mes yeux ne disent plus rien de méchant, alors elle va finalement s'y asseoir.

— Tu te rappelles qui était le coiffeur de papa?

Je délaisse mon cinquième monstre. Je le terminerai plus tard. Demain, sans doute. Je me lève et rejoins ma mère sur mon lit. Mon lit propre, avec des draps propres.

— C'était toi.

Ma mère acquiesce, le sourire aux lèvres.

— Et c'était mieux comme ça, crois-moi, Nathan. Quand j'ai connu ton père, j'avais 17 ans. Lui, il en avait 21. C'était déjà un homme. Déjà un pêcheur. Il était grand, solide. Une barbe forte. Des grandes mains de marin. Mais il avait les cheveux d'un gamin. Une chevelure bouclée toute croche, avec des mèches négligées qui lui tombaient n'importe comment sur les oreilles. Des mèches longues. D'autres très courtes. Des cheveux fins fins fins. C'est ça que j'ai remarqué en premier : ses cheveux. Il se les coupait lui-même, et laisse-moi te dire que ça paraissait pas mal. Je l'aurais pas cru, s'il m'avait dit qu'il avait un coiffeur. Il devait s'en rendre compte que ses cheveux avaient pas de bon sens : il portait presque toujours sa casquette.

Le souvenir que me raconte ma mère me donne la chair de poule. C'est mon deuxième frisson de la soirée !

— La casquette bleue *Virginia Beach* ?

— La bleue, oui. Par chance, il la portait pas quand il est disparu. Comme s'il s'en doutait qu'il reviendrait pas. Comme s'il voulait nous laisser sa casquette en souvenir. Il l'aimait tellement, sa casquette. Tellement, que quand j'ai commencé à me charger de sa coiffure, quand j'ai commencé à égaliser ses bouclettes pour qu'il ait du bon sens, il a continué à porter sa casquette. Il était beau avec sa casquette. Il était beau aussi sans. Faut croire qu'il était beau tout court.

Machinalement, j'ouvre un tiroir de ma commode, et j'en sors la casquette bleue *Virginia Beach* en question. Je l'enfonce sur ma tête, cette casquette aux propriétés magiques. Elle a le pouvoir de m'apaiser.

En me voyant avec la casquette vissée sur la tête, les yeux de ma mère se remplissent d'eau, instantanément.

— Je pensais pas que tu la portais encore.

— Oui. Juste ici, dans ma chambre.

Tout en pleurant silencieusement, elle passe ses doigts sur une de mes bouclettes qui ressortait de la casquette et la repousse en dessous. Je ne pensais pas que la casquette la mettrait dans tous ses états. Elle allonge le bras pour me voler un papier-mouchoir, sur ma table de nuit. Elle s'essuie les yeux et se mouche un bon coup.

— Maman... Je pensais pas ce que j'ai dit, tantôt. À propos de papa...

— Je sais, Nathan.

— Et Richard, je le trouve gentil. Je l'aime bien. Pis il est pas si vieux que ça.

— Monsieur IGA?

Je suis sur le cul!

— Il t'avait pas dit son vrai nom?

Elle éclate de rire. Un bon rire qui rebondit partout sur les murs inclinés de ma chambre. Un rire rassurant, qui me rappelle que la vie a du bon.

— T'as pas envie de dormir chez ton amie Chloé, parfois?

— Non, pourquoi?

— Elle aimerait ça, je pense.

— Elle te l'a dit?

— Oui.

Je prends une grande inspiration. Ce qu'elle peut être exaspérante, cette voisine!

— J'ai pas envie d'aller dormir chez elle.

— À cause des petits dégâts...?

— Entre autres. Mais aussi parce que la chambre de Chloé est au sous-sol. Je trouve ça lugubre...

— Lugubre?

— Ça veut dire « sinistre ».

— Ah, merci, qu'elle me dit en riant.

— Ça m'a fait plaisir.

— Écoute, Nathan, je peux rien faire contre ça, la chambre de Chloé, mais contre les petits dégâts, regarde ce que je t'ai acheté.

Elle se retourne, ouvre son sac et en sort un drap-housse en plastique.

— Et pour que ce soit confortable, on va le mettre sous ton drap-housse en coton. Je te l'installe, OK ?

Je fais oui de la tête. J'ai un peu honte, mais pas totalement. Je me dis que je risque d'avoir plus de confort comme ça.

Ma mère me chasse du lit pour installer le plastique. Elle manipule les draps avec une habileté vraiment maternelle. Elle n'est pas si à l'envers des autres mères, au fond.

— Au cas où, sous le lit, je te mets un autre drap-housse de coton. Si tu fais un dégât durant la nuit, tu le remplaces. C'est tout... Et puis juste si tu le veux, on peut aller voir notre médecin. Lui parler de tout ça. Il va sans doute pouvoir nous aider... Mais là, juste si tu veux.

Ma honte se poursuit, mais tout de même... Si les dégâts pouvaient cesser? Ce que je serais heureux. Alors je fais oui de la tête, pendant que ma mère termine de placer tendrement les draps, l'air de dire que tout ira mieux.

— J'aime beaucoup Chloé, mais faut dire que j'aime ça, dormir ici. Pas loin de toi.

Ma mère sourit comme une jeune amoureuse.

— Maman?

— Oui, mon trésor?

— Tu veux chanter pour moi?

Elle prend une grande respiration. Elle n'a pas vraiment le choix. Elle me doit bien ça. C'est ça que ses yeux me disent: «Je te dois bien ça.»

— Quelle chanson? Celle du petit navire?

— Oui. Le petit navire...

Elle toussote un peu, pour s'éclaircir la voix. Elle regarde autour d'elle, l'air de chercher quelque chose, puis se lève et

choisit un trophée sur l'étagère de trésors. Elle se met à chanter, la bouche
tout près d'un petit bâton de baseball en
or, comme s'il s'agissait d'un micro des
années 1970.

« *Il était un petit navire*
Il était un petit navire
Qui n'avait ja, ja, jamais navigué
Qui n'avait ja, ja, jamais navigué
Ohé, ohé...
Il entreprit un long voyage
Il entreprit un long voyage
Sur la mer mé, mé, Méditerranée
Sur la mer mé, mé, Méditerranée
Ohé, ohé...
Au bout de cinq à six semaines
Au bout de cinq à six semaines
Les vivres vin, vin, vinrent à manquer
Les vivres vin, vin, vinrent à manquer
Ohé, ohé...
On tira z'à la courte paille
On tira z'à la courte paille
Pour savoir qui, qui, qui serait mangé
Pour savoir qui, qui, qui serait mangé
Ohé, ohé... »

Et la voilà qui me passe le trophée, comme on passe un micro. Pour un couplet en entier, c'est moi qui chante dans le petit bâton de baseball. Ma main tient le socle avec la plaque dorée sur laquelle est écrit en lettres majuscules : « NATHAN GERMAIN-BEAULIEU ».

> « *Le sort tomba sur le plus jeune*
> *Le sort tomba sur le plus jeune*
> *C'est donc lui qui, qui, qui sera mangé*
> *C'est donc lui qui, qui, qui sera mangé*
> *Ohé, ohé...*
> *Il fit au ciel une prière*
> *Il fit au ciel une prière*
> *Interrogeant, geant, geant l'immensité*
> *Interrogeant, geant, geant l'immensité*
> *Ohé, ohé...* »

Ma mère et moi délaissons le trophée-micro, avant que nous le cassions et que je fasse encore une crise. Ma mère me vole la casquette et la met sur sa tête, tout en grimpant sur mon lit. Je la rejoins. Moi, Nathan Germain-Beaulieu, je chante et danse avec ma mère sur mes draps propres. Et mon heure de dodo est dépassée depuis vraiment longtemps. Et pourtant, j'ai école demain.

« Ô Sainte Vierge, ô ma patronne
Ô Sainte Vierge, ô ma patronne
Empêchez-les, les, les de me manger
Empêchez-les, les, les de me manger
Ohé, ohé...
Au même instant un grand miracle
Au même instant un grand miracle
Pour l'enfant fut, fut, fut réalisé
Pour l'enfant fut, fut, fut réalisé
Ohé, ohé... »

Je pointe des poissons imaginaires, tout autour du lit.

« Des p'tits poissons dans le navire
Des p'tits poissons dans le navire
Sautèrent bientôt, tôt, tôt par milliers
Sautèrent bientôt, tôt, tôt par milliers
Ohé, ohé...
On les prit on les mit à frire
On les prit on les mit à frire
Et le p'tit mousse, mousse, mousse fut sauvé

Et le p'tit mousse, mousse, mousse fut
sauvé
Ohé, ohé... »

Ma mère descend du lit. Moi, je me laisse tomber sur le matelas, dans mes draps dévastés par notre danse, mais le cœur à rire. Elle m'embrasse sur le front.

— Tu vas être fatigué, demain. J'aurais pas dû.

— Non, maman. Merci.

Je lui vole la casquette.

— Je la remets à sa place?

— Non. Je veux dormir avec.

Elle hausse les épaules en souriant.

Je pense à ma voisine.

— Je peux inviter Chloé à dormir ici?

— Mais il est trop tard, mon trésor. Chloé doit dormir. Il est 8 h 47. D'ailleurs, toi aussi, tu es censé dormir!

— Mais Chloé se couche à 9 heures.

— T'es sérieux?

— Je te jure!

Ma mère hésite. Je lui souris tendrement, et ça fonctionne. Elle cède.

— Eh, seigneur ! Ce que tu me fais pas faire, toi !

Utilisant le téléphone sans fil laissé dans ma chambre depuis le souper sur le plateau, ma mère compose le numéro des voisins. Et tout le long de l'appel, elle me jette des regards complices. Elle passe de la gêne à l'excitation de la petite fille qui joue un mauvais tour.

« Oui, bonsoir, Carole ? C'est Carmen, votre voisine. Je m'excuse d'appeler aussi tard. (...) Écoute, j'ai une question un peu bizarre à te poser, mais je me demandais si Chloé était au lit. (...) Ah, elle est debout. (...) Oh, elle se couche à 9 heures tous les soirs ! C'est une grande fille, oui ! (...) Écoute, Carole, sens-toi bien à l'aise de refuser, mais mon fils aurait une requête un peu spéciale à faire à ta fille. (...) Il aimerait l'inviter à venir dormir ici, au grenier, dans sa chambre. (...) Je pense qu'il a besoin d'une amie, ce soir. (...) T'es sûre que ça la dérange pas ? (...) Bon alors, parfait. Je vais veiller sur elle, ne t'en fais pas ! (...) Bonne nuit, Carole ! (...) Toi aussi ! »

Ma mère lâche un gros soupir de tâche accomplie.

— Elle sera là dans deux minutes. Je pense que tu me dois une énorme caresse, jeune homme.

Assis dans mon lit, je lui donne son dû. En bougeant vers ma mère, le matelas fait un nouveau bruit. À cause du drap de plastique, on jurerait le son de la mer.

Chapitre 12

Trois, un et six. Trois chiffres qui brillent dans le noir. Il est précisément 3 h 16 du matin à mon réveille-matin.

Chloé ronfle comme un gros moteur de bateau. J'aurais dû m'en douter que c'était son genre. Ça m'a pris toutes les misères du monde à m'endormir. Et évidemment, je dois me lever en plein cœur de la nuit, encore.

Je soupire et je grimace. Je me redresse. Le drap-housse en plastique fait un petit bruit de vague. Ça ne réveille pas Chloé. J'allume une petite lumière. Ça ne réveille pas plus Chloé. Je pose les pieds sur le vieux parquet. Mais toujours aucun signe de la part de Chloé. Rien ne pourrait la réveiller. Elle ronfle si fort que c'est elle qui fait craquer mon plancher, pas moi.

Elle est là, au pied de mon lit. Je l'enjambe. Elle est comme une chenille dans le cocon de son sac de couchage. Elle semble si bien. Elle a un sourire aux lèvres. Elle doit faire de beaux rêves, j'imagine. Elle doit rêver à l'Ogopogo, le monstre marin qui la dévore vivante. Ou un autre rêve lugubre comme ça.

C'est un peu une coutume, ce désastre en plein cœur de la nuit, mais il y a de la nouveauté : Chloé est dans le portrait. C'est drôle, mais on dirait que sa présence rend ma catastrophe nocturne moins catastrophique.

Le rituel n'est plus tout à fait le même, aussi. Direction salle de bains pour y laver mon caleçon. Le faire tremper dans de l'eau et du savon. Du savon à lessive. Pas de savon à vaisselle. Ma mère pourra bien s'en rendre compte, ça me va. Elle sait tout maintenant. Me laver les cuisses. Enfiler un sous-vêtement propre. Et revenir dans ma chambre en marchant sur la pointe des pieds (tâcher de ne pas réveiller les autres dans la maison).

J'enjambe de nouveau Chloé, sur le bord d'être un papillon (je fais allusion à son cocon de sac de couchage, ici). Je retire le drap et le remplace par le propre que ma mère a caché sous le lit. Alors que je m'attelle à la tâche, le drap en plastique mugit comme une vague féroce qui se fracasse sur un rocher. Un « ressac », disait mon père. Le bruit pénètre jusqu'au rêve de Chloé qui frémit dans son sac de couchage. Je la vois, dans la lumière de ma lampe de chevet. Elle gigote, tout endormie, et échappe quelques sons. Son sourire s'évapore. Son ronflement devient incertain, comme si son moteur de bateau n'avait plus d'essence, et que la chaloupe se perdait en mer. C'est complètement fou ce que je ressens, mais on dirait que Chloé-la-courageuse a peur.

C'est plus fort que moi : je souris. C'est apaisant, je trouve, que mon amie soit peureuse, elle aussi. Je termine de faire le lit, et je me glisse entre mes draps propres, tirés avec moins de talent que ma mère. Je rabats le drap sur moi. Ça sent bon l'assouplissant.

Chloé ne ronfle plus. Comme si elle me laissait le temps de me rendormir. J'en suis sûr : dans quelques minutes, je dormirai profondément, proprement.

FIN

Annexe

Les paroles de la chanson «Belle Étoile du Nord», un air folklorique que Carmen, la mère de Nathan, se plaisait à chanter avec son mari.

Le destin d'une femme de marin se
Résume-t-il à attendre, sur le quai,
Le retour de l'être aimé?

Il nous faut hisser les voiles
Belle étoile du Nord
Tu prieras pour moi la belle
Pour que je revienne à bon port

Si mon bateau fait naufrage
Jamais ne te reverrai
Mais tu connais mon équipage
Avec lui, je te reviendrai

Tu trouveras sans peine
Quand tu m'auras quittée
Quelque belle américaine
Qui viendra pour t'y charmer

Et moi, la malheureuse
Je serai bien délaissée
Car les amours, elles sont trompeuses
Lorsqu'on est si éloignés

Mon vaisseau porte sa toile
Et je suis lié à mon sort
Je pense à toi sous les étoiles
Belle étoile du Nord

Ma mie, aie du courage
Et garde-moi ton cœur
Car au retour du voyage
Là, je ferai ton bonheur

Remerciements

L'auteur tient à remercier Sarah Berthiaume, Sophie Desmarais, René Gagnon, Sébastien Gauthier, Sophie Vajda, Louis-Dominique Lavigne ainsi que Karine Harbec et l'inspirante gang du théâtre Korimaj.

Du même auteur

Danser a capella, monologues de théâtre, Éditions de Ta Mère, 2012.

Javotte, roman, Éditions Leméac, 2012.

Martine à la plage, roman illustré, Éditions la Mèche, 2012.

Les Mains dans la gravelle, théâtre jeune public, Éditions de la Bagnole, 2012.

Les Cicatrisés de Saint-Sauvignac, roman à quatre auteurs, Éditions de Ta Mère, 2011.

Nancy croit qu'on lui prépare une fête, recueil de poèmes, Poètes de Brousse, 2011.

Éric n'est pas beau, théâtre jeune public, École des Loisirs, Paris, 2011.

«*Ce que Mariah Carey a fait de moi*», nouvelle dans le collectif *Être un héros*, La courte échelle, 2011.

Saigner des dents, recueil de poèmes, coll. Les Poètes du lendemain, Écrits des Forges, 2009.

Les Jérémiades, roman, Éditions Sémaphore, 2009

Qu'est-ce qui reste de Marie-Stella?, théâtre, Dramaturges Éditeurs, 2009.

SIMON BOULERICE

Enfant, Simon Boulerice chantait dans la cage d'escalier, parce que sa voix y résonnait beaucoup. Il croyait chanter aussi bien que Whitney Houston. Mais ce n'était pas le cas. Depuis que sa voix a mué, Simon se plaît à danser, à écrire et à jouer. Jouer surtout, oui. Parce qu'il aime beaucoup rire. Il sort peu de chez lui. Il le reconnaît : il est un casanier qui sort un soir sur deux au théâtre. Il boit encore son jus d'orange à même le goulot. On ne lui a rien appris. Néanmoins, il a étudié en littérature, puis en interprétation théâtrale. Depuis qu'il a fini l'école, il écrit plein de livres. Il tire avec bonheur dans toutes les directions : de la poésie, du théâtre, une série Web, des romans pour adultes, pour ados et pour enfants. Il ne faut pas trop lui en vouloir ; il a envie de parler à tout le monde.

Visitez le site de
Québec Amérique jeunesse !

www.quebec-amerique.com/index-jeunesse.php

Fiches d'exploitation pédagogique

Vous pouvez vous les procurer sur notre site Internet
à la section jeunesse / matériel pédagogique.

www.quebec-amerique.com

GARANT DES FORÊTS
INTACTES

L'impression de cet ouvrage a permis de
sauvegarder l'équivalent de 10 arbres de 15
à 20 cm de diamètre et de 12 m de hauteur.

Achevé d'imprimer au Canada
sur papier Enviro 100 % recyclé
sur les presses de Imprimerie Lebonfon Inc.